Sieben Krimi-Shorties

Rudy Namtel

edition compact

Bibliografische Information der Deutschen Nationalbibliothek:
Die Deutsche Nationalbibliothek verzeichnet diese Publikation in der
Deutschen Nationalbibliografie, detaillierte Daten sind im Internet
über http://dnb.dnb.de abrufbar.

Impressum

© 2014 All Rights Reserved
Rudy Namtel: *Krimi-Reise Reloaded*
ungekürzt in der edition compact
2. Auflage der edition compact (Okt 2014)
© Text: Rudy Namtel
© Cover + Fotos: Rudy Namtel
www.RudyNamtel.de

Herstellung und Verlag:
BoD - Books on Demand, Norderstedt

ISBN 978-3-7386-0485-6

Die Geschichten (Überblick) 3

Der Mord in der Rue Claude Chahu 4

Weinerts Ende 28

Ergänzende Einordnung zu »Weinerts Ende« 41

Auf Messers Schneide 42

Anmerkung zu »Auf Messers Schneide« 54

Rosky 55

Stuarts Geheimnis 64

Anmerkung zu »Stuarts Geheimnis« 84

6:30 85

Notschrei 98

Über den Autor 109

Weitere Werke 110

Die Geschichten (Überblick)

»**Der Mord in der Rue Claude Chahu**« schildert die Vorgänge in einer winterlichen Pariser Straße. (Eine weitergeführte Version eines Wettbewerbsbeitrags zum *Agatha Christie Krimipreis 2013* unter dem Thema »Alibi«. Dabei greift die Story in vollkommen anderem Geschehen eine Konstellation auf, mit der auch Agatha Christie für Aufsehen sorgte.)

»**Weinerts Ende**« entführt ins Jahr 1835. Zur Zeit Georg Büchners erlebt ein junges Paar seinen eigenen Alptraum. – Eine ganz andere Art von Krimi in einer anderen Zeit und einer anderen Sprache.

»**Auf Messers Schneide**« als Krimi-Variante eines Tratsches im Treppenhaus? Nein. Aber fast ...

»**Rosky**« - ein Kommissar begegnet einem alten Bekannten wieder.

»**Stuarts Geheimnis**« - 1981. Eine Jagd durch Edinburghs Unterwelt. Jeremy Lennox sucht seine Loreena.

»**6:30**« - In London fällt am frühen November-Abend ein Schuss. Eine Frau sinkt tödlich getroffen zusammen. Eine harte Nuss für Inspector Sheppard. (Eine weitergeführte Version eines Wettbewerbsbeitrags zum *Agatha Christie Krimipreis 2014* unter dem Thema »Heute hier, morgen Mord«.)

»**Notschrei**« - ein Weihnachtskrimi, mit dem Rudy Namtel über einen Wettbewerb seinen Einstieg in die Welt von Droemer Knaur beschritt. Die Story erschien in der eBook-Anthologie »Schneeflöckchen, Bluttröpfchen«.

Der Mord in der Rue Claude Chahu

Paris - *meine* Stadt. Wie konnte ich jemals ohne diesen prickelnden Pulsschlag um mich herum leben? Wohl nur mein Unwissen über die Verlockungen der Welt behütete mich vor Depression und Resignation in meiner Jugend und den ersten Jahren meines Polizisten-Daseins. Mein Gott, wie wäre es mir ergangen, wenn ich mich nicht vor fünf Jahren aus der bretonischen Provinz in das Herz Frankreichs hätte versetzen lassen? Wie hätte ich ohne die Herausforderungen dieser Metropole mein tristes Leben gestaltet? Ich weiß es nicht. Und will es auch nicht wissen. Die Bretagne ist für mich Vergangenheit. Eine schöne Erinnerung durchaus, aber doch nur deshalb, weil ich dort nicht mehr lebe.

Wollte ich früher Abwechslungen von den immer wiederkehrenden Alltagsabläufen genießen, boten sich nur die Vergnügungen einer typischen Hafenstadt an. Brest hat zwar einen wohl klingenden Namen, doch scheinen mir die Angebote für das wahre Erleben, das einem Mann in jungen Jahren in immer ausreichender Menge zur Verfügung stehen sollte, in dieser entlegenen Ecke Frankreichs eher dünn gesät. Grandiose Küstenlandschaften sind für den Hunger der Jugend selten eine satt machende Mahlzeit.

Dagegen fängt mich die Insel im Herzen Frankreichs wie ein nie versiegendes Buffet ein. Als sei es dem schlummernden Verlangen ein maßgeschneidertes Schlaraffenland. Doch begegne ich um mich herum nicht jenen Schlaraffen, sondern jungen wie alten Menschen, die gemeinsam mit mir den besagten Puls dieser Stadt erzeugen - mit seinem geschäftigen Lärm und hektischem Verkehr, doch auch mit seiner ruhig dahinfließenden Romantik am Ufer der Seine.

Wie sehr genieße ich meine Spaziergänge hinüber an das Flussufer. Nur wenige hundert Schritte sind es - vorbei am Place de Costa Rica zur Stahlkonstruktion der Métro-Brücke, unter der man das seltene Vergnügen genießen kann, dass die U-Bahn offen über einen hinweg rattert, bevor sie in den Untergrund an der Station Passy verschwindet. Blendet man die umherfliegenden Sprachfetzen der Menschen um sich herum aus und konzentriert sich nur auf die eisernen Träger und das rhythmische Reiben der Métro-Träger an den Schienen, so darf man sich unwidersprochen wie in einem Chicagoer Straßenzug fühlen. Um sich dann aus dieser Vorstellung herausreißen zu lassen, wenn man die wenigen Schritte bis zum Port Debilly direkt am Wasser weitergegangen ist und sich der immer wieder überwältigende Blick auf den Tour Eiffel jenseits der Seine eröffnet. Für nichts möchte ich dieses Lebensgefühl eintauschen.

Noch tiefer dringe ich in das Pariser Leben in meiner täglichen Arbeit ein. Die Herausforderungen und tagtäglichen Überraschungen in meinem Job als Fallanalytiker bei der Pariser Polizei führen mich in verschiedenste Facetten des Lebens, in die – in ihrer Vielfalt – nur wenige Menschen in dieser Stadt Einsichten haben.

Entschuldigen Sie bitte, dass ich mich noch nicht vorgestellt habe. Mein Name ist Pierre Laroque. Meine Profession nannte ich ja schon. Manch einer würde das neu-französisch vielleicht als Profiler bezeichnen, aber diese Leute haben wohl zu viel Fernsehen geschaut. Soweit ich weiß, verwenden selbst die realen amerikanischen Kollegen diesen Begriff nicht.

Analytisches Denken war schon immer meine Passion. Unterschiedliche, sich vielleicht sogar widersprechende Fakten und Puzzle-Teile zu einem stimmigen Gesamtbild zu formen – das ist meine größte Befriedigung. Und darin bin ich gut. Dieses Können in die Kriminalfall-Aufklärung einzubringen, ist für mich Ansporn und Erfüllung zugleich. Aber ich bin weit davon entfernt, mich für den Besten zu halten. Da gibt es Ermittler, die sind mir noch weit überlegen. Umso mehr fasziniert es mich, so jemanden bei seiner Arbeit zu beobachten oder ihm sogar zur Hand gehen zu dürfen. Ein solcher Jemand ist mein Chef, Claude

Renoir. Er verblüfft mich immer wieder mit seinem geschulten, scharfsinnigen Blick und seiner punktgenauen Kombinatorik. Sein Ruf in Paris ist legendär. Er schüttelt manche Schlussfolgerung aus dem Ärmel, als sei es das Leichteste von der Welt. Er ist mein großes Vorbild. Ganz einfach gesagt – so gut wie er möchte ich auch werden.

Doch das logische Denken kann dann und wann verdammt schwerfallen – vor allem, wenn ein Opfer jemand ist, den man kennt. Dann lenkt Betroffenheit Ideen auch einmal in eine falsche, fatale Richtung. So war es bei dem vorliegenden Fall.

*

Ein strahlend blauer Himmel und die mittägliche Sonne ließen Paris in einem herrlichen winterlichen Glanz erscheinen. Die eisigen Temperaturen sorgten dafür, dass die Menschen auf der Straße immer wieder für einen kurzen Moment von ihren eigenen kristallisierten, schnell wieder verschwindenden Atemschwaden umtanzt wurden.

Meine Hände tief in den Manteltaschen vergraben begab ich mich zu Fuß auf den Weg zurück ins Commissariat des 16. Arrondissements in der Avenue Mozart. Ich sah vor meinem geistigen Auge schon die Kollegen lästern. Dass ein Pariser Polizist sein Auto so dumm parkte, dass es bereits nach wenigen Minuten während seiner Mittagspause abgeschleppt wurde, würde der Lacher des Tages sein. Aber ich würde damit leben können. *Der blöde Pierre! Wäre er mit uns zusammen in die Mittagspause gegangen, statt sein eigenes Süppchen zuhause zu kochen, wäre ihm das erspart geblieben.* So oder so ähnlich würde es tönen. Es wäre ja nicht das erste Mal gewesen, dass die anderen mich mit meinem Mittagessen in der eigenen Wohnung aufziehen. Aber damit könnte ich umgehen. Dass ich aber dadurch meine Mittagspause ausdehnen musste, war schon ärgerlicher. Pünktlichkeit ist mir ein hohes Gut, Verspätung unverzeihlich. Also eilte ich beschleunigten Schrittes den etwas mehr als einen Kilometer langen Weg zum Commissariat.

Ich hatte das Büro nach der so überzogenen Mittagspause noch keine zehn Sekunden betreten und wollte meinen Wintermantel gerade aufhängen, da stürmte Claude herbei.

»Pierre, lass sein! Wir müssen direkt wieder los zu einem Tatort. Ich erzähle es dir unterwegs.« Und schon befand ich mich in seinem Schlepptau wieder auf der Außentreppe. Es ärgerte mich, dass ich den Eingang einer Meldung und damit die Aufnahme von Details verpasst hatte. Jetzt musste ich es mir von Claude erzählen lassen. Das war mir eher peinlich, obwohl es das natürlich nicht hätte sein müssen, denn so etwas kommt in unserem Geschäft oft genug vor. Aber der Grund war eine von mir selbst verschuldete Verspätung – und so etwas mochte Claude genauso wenig wie ich. Doch er ließ sich zu meiner Erleichterung keine Verärgerung anmerken.

In seiner alten Déesse chauffierte Claude uns durch den Pariser Verkehr. Ich liebte dieses Auto fast so wie er. Dieser alte, komfortable Citroën war für mich schon immer der Inbegriff französischer Fortbewegung gewesen. Die durchgehende vordere Plüsch-Sitzbank ließ ein Gefühl heimeliger Wohnzimmer-Atmosphäre aufkommen. Das auf der anderen Seite der Fenster vorbeifliegende Paris bot den zugehörigen zu genießenden Film. Das einspeichige Lenkrad mit seiner Lenkradschaltung hatte so unendlich viel Futuristisches an sich – und war doch schon so sehr in die Jahre gekommen. Nun ja, Claude war auch nicht mehr der Jüngste. Vielleicht unterschätzten ihn Übeltäter gerade deshalb.

»Was gibt's, Claude?«, fragte ich ihn.

»Mord in der Rue Claude Chahu.«

»Wie bitte?!« Das war in meiner Straße! »Wo denn da genau?«

»Hausnummer 11.«

»Merde!«

»Kennst du?«
»Und ob! Das ist bei mir vis-à-vis. – Wer ist es?«
»Eine France Bleu.«
»Mon Dieu! Die rote France!«
»Du kennst sie?«
»Wie man Nachbarn eben so kennt. Na, vielleicht sogar ein bisschen besser. Ein ziemlicher Feger. Eine Sünde wert.«

Ich holte tief Luft. Die rote France war wahrlich ein Prachtstück an weiblicher Erscheinung. Und dabei spielte die rote Haarfarbe noch die geringste Rolle. Schlanke, perfekt geformte Beine endeten oben in einem ebenso schlanken Körper, der seine Rundungen in jeder Situation und in jeder ihrer üblicherweise eng anliegenden Kleidungsstücke jedem Mann schon fast aufdringlich schmackhaft machte. Den Rest der Fahrt dachte ich darüber nach, was uns erwartete.

Claude war ein Glückspilz. Er fand tatsächlich unverzüglich einen legalen freien Parkplatz nahe bei dem Haus. Da es sich um einen Einsatz handelte, hätte er die Déesse auch durchaus direkt vor dem Haus in zweiter Reihe abstellen können, doch hätte das zu deutlichen Behinderungen in der schmalen Straße geführt. Claude versuchte, so etwas nach Möglichkeit zu vermeiden. Er war eben ein Pariser mit ganzem Herzen.

Vorbei an den Fassaden der schmalen, hohen Artdeco- und Jugendstil-Reihenhäuser mit ihrem schmuckvollen Mauerwerk, das bei den meisten schon um die hundert Jahre alt war, näherten wir uns der Hausnummer 11. Durch die kunstvoll verzierte Haustür traten wir ein und stiegen in den vierten Stock hinauf. Zwei Gendarmen erwarteten uns schon an der Wohnungstür. Wir streiften unsere Gummihandschuhe über und traten ein. In der Wohnung führten drei Türen von einem Flur aus in die verschiedenen Räume.

»Hier lang, Monsieur Le Commissaire.« Einer der Gendarmen wies uns den Weg in das Wohnzimmer.

Da krümmte sich die arme France leblos in einer roten Lache. Ganz offensichtlich erschossen. Wie grausam doch der Tod die Schönheit einer Frau zerstört! Ich betrachtete ihre Beine und die Rundungen ihres Körpers – für immer verloren! Wieder verlangte meine Brust nach einem tiefen Atemzug. Ich wünschte mir selbst die Objektivität, die ich normalerweise an den Tag legte, wenn ich ein Opfer anders als jetzt nicht kannte. Vergebens.

Eine Pistole – wahrscheinlich die Tatwaffe – lag einige Schritte entfernt vor dem Fenster. Claude gab den Kollegen Zeichen, was sie als Spuren sichern sollten. Zwei billige Gläser auf dem Tisch, eine Weinflasche, den Inhalt eines metallenen Fisches, dessen weit geöffnetes Maul sich bei genauerem Hinsehen als ein Aschenbecher entpuppte. Vorsichtig nahm Claude das eine oder andere Stück in die Hand und betrachtete es intensiv, indem er es vor seinen Augen in alle Richtungen drehte. Ich leerte den Ascher.

»Zigaretten-Kippen, zwei; eine mit, eine ohne Lippenstift«, stellte ich immer noch heftiger atmend als sonst fest.

Dann unterzog ich alle Regalfächer und den Schrank einer Sichtprüfung.

»Notizen? Briefe?« Claudes Frage war an uns alle gerichtet.

»Noch nichts, Claude.« Auch die beiden Gendarmen schüttelten die Köpfe. Wir gingen zum händischen Stöbern über.

»Wie wurde sie gefunden?«, fragte ich, denn das hatte Claude mir während der Fahrt noch nicht berichtet.

»Die Bewohnerin direkt hier unter uns hörte einen lauten Knall. Später ging sie hier hoch um nachzuschauen, als laufend das Telefon klingelte, es aber sonst ganz ruhig war.« Claude grinste. Er kennt diese »nur-mal-schauen«-Damen. »Die Tür stand auf. Dann rief sie uns an.«

Claude stöberte weiter und griff ein Fotobüchlein von dem kleinen Schreibtisch. Er blätterte darin, stellte es wieder weg.

»Irgendwelche weiteren Fotos?«

Ich zuckte mit den Schultern. Gesehen hatte ich noch keine. Auch die Gendarmen verneinten. Einer von ihnen reichte das Handy der Toten.

»Letztes Telefonat um 12 Uhr 25. Dann gab es noch wietere Anrufe um 12 Uhr 34 und später, die sie aber nicht annahm.«

»Deckt sich sehr genau mit der Angabe dieser Madame Gaillarde von unten. Sie gab an, dass der Schuss ziemlich genau um halb eins ertönte.«

Ich wurde hellhörig. Ich ließ meine Mittagspause noch einmal in meinen Gedanken ablaufen. Dann kam ich damit heraus.

»12 Uhr 30? Moment. Wenn ich mich nicht ganz täusche, dann habe ich um diese Zeit herum Monsieur Villepain hier am Fenster gesehen.«

»Du, Pierre? Von wo?«

Ich gab ein kurzes Handzeichen. Claude folgte mir zum Fenster.

»Von dort unten.« Ich zeigte Claude, wo ich im gegenüberliegenden Haus meine Wohnung habe. Zwei Stockwerke tiefer.

»Das dort ist mein Reich.« Ich glaube, ich sagte das nicht ohne einen Anflug von Stolz ob der durch die Seine-Nähe und seine beeindruckenden Häuser privilegierten Wohnlage. Das ein einfacher Polizist hier eine Wohnung gefunden hatte, stieß dem einen oder anderen durchaus sauer auf. Ich hatte einfach einmal Glück gehabt, egal wie die Neider dachten. Aber Claude reagierte ohne weiteren Kommentar und fragte nüchtern:

»Von da aus kannst du aber nur dann jemanden hier oben sehen, wenn er direkt am Fenster steht, stimmt's, Pierre?«

»So ist es, Claude.«

»Schaust du oft hier hoch?« Claude grinste. Jetzt war es mit seiner Nüchternheit vorbei.

»Nein.« Ich war mir sicher, dass ich in dem Augenblick für alle sichtbar rot anlief. Zumindest spürte ich die Hitze

an meinem Hals und in meinen Wangen aufsteigen.
»Reiner Zufall. Ich kenne sie – und ab und zu blickt man eben hier einmal hoch.«

Claude blickte mich mit einem spitzbübischen Lächeln an. Schlagartig musste ich an das Bild meines Vaters denken, als er damals aus einer meiner Bemerkungen von meiner ersten intimen Erfahrung mit dem weiblichen Geschlecht erfuhr. Ich war froh, dass er nicht weiter bohrte - sowohl damals mein Vater als auch jetzt Claude. Auf Peinlichkeiten konnte ich gut verzichten.

»Wer ist dieser Villepain, Pierre?«

»Er betreibt einen kleinen Modeladen gleich um die Ecke in der Rue Gavarni.«

Claude nickte.

»Wo wohnt dieser Herr?«

»Ich glaube, auch hier im Haus.«

»Ist er tagsüber üblicherweise hier oder im Laden?«

»Soweit ich das weiß, ist er ganztägig in seinem Geschäft.«

»Gut, Pierre, dann lass uns diesem Monsieur Villepain direkt einen kleinen Besuch abstatten.«

Wir streiften unsere Handschuhe ab und gingen hinunter. Die Kälte nahm uns wieder in Empfang. Die winterliche Sonne konnte uns hier unten in der Gasse nicht erreichen. Dazu schirmten uns die hohen Häuser zu sehr ab. Die Strahlen blieben irgendwo in den höheren Stockwerken hängen. Die kurze Strecke liefen wir zu Fuß.

»Einen besseren Parkplatz würden wir hier sowieso nicht finden, oder Pierre?«

»Nein, sicher nicht.«

»Hast du dein Auto schon wieder?« Oh Mann, das wusste er auch schon!

»Nein. Ich ... ähm ... Darum konnte ich mich noch nicht kümmern. Sie haben mich ja gleich abgefangen.«

»Wo wurde es von den Kollegen abgeschleppt?« Claude konnte sein Grinsen nicht unterdrücken. Sein breiter

Schnauzbart zog sich jetzt noch breiter, als wolle er die Ohren kitzeln. Ich hasse so etwas!

»Gleich hier vorn.« Ich zeigte auf das Straßenstück direkt vor einem Hydranten. Ein absolutes Halteverbot!

»Du bist ein Herzchen! Wie kann man das Auto denn hierhin stellen?«

»Ja, ja. Aber es ging doch nur um zehn oder fünfzehn Minuten. So ein Glück wie Sie eben hatte ich nicht.«

»Oui. Und dadurch wurde daraus eine ganz schön lange Mittagspause.« Claude schüttelte lachend den Kopf und tätschelte mit der Hand den Hydranten. »Noch weit bis zu Villepain?«

»Nein. Wir stehen direkt davor.«

Wir drehten uns um. Über der Glasfront des Geschäfts stand in großen Lettern »Mode Villepain« geschrieben. Wir drückten die Tür auf. Ein heller Glockenklang signalisierte unser Eintreten. Wir waren allein im Laden. Nein, nicht ganz. Ein halbes Dutzend perfekt gestylter Schaufensterpuppen lächelte uns an. Einen Augenblick später kam eine junge Frau aus dem Hinterzimmer.

»Messieurs, kann ich Ihnen helfen?«

Claude fiel die Kinnlade herunter. Ich konnte es genau sehen! Das kommt bei ihm selten vor. Oder sonst auch gar nicht? Tatsächlich hatte ich eine so offensichtliche und komische Reaktion meines Chefs noch nie zuvor gesehen. Doch ich glaube, auch ich machte große Augen. Denn die Dame sah exakt so aus wie die zuvorderst stehende Puppe: gleiches Haar, gleiche Frisur, gleiches Kleid. Da hatte jemand eine hübsche Idee perfekt umgesetzt.

»Ist Monsieur Villepain zu sprechen?«

»Sicher. Einen Moment bitte.«

Die Dame nickte fast unauffällig und verschwand wieder in dem Hinterzimmer. Wenige Sekunden später kam ein Mann mittleren Alters und mit leicht angegrautem Haar in den Verkaufsraum. Ich hatte Villepain noch nie zuvor von so nah gesehen. Er machte eine durch und durch seriöse Erscheinung. Ich fragte mich, ob ich mich mit meiner

Bemerkung zu seinem Erscheinen am Fenster nicht doch hätte zurück halten sollen, bis mehr Sachverhalte geklärt gewesen wären. Man will sich ja nicht blamieren. Jedenfalls machte er keinesfalls den Eindruck, ein Schwerverbrecher zu sein.

»Monsieur Villepain, mein Name ist Renoir. Wir – mein Kollege Laroque und ich – sind von der Polizei. Wir möchten gerne wissen, wo Sie heute zwischen zwölf und eins waren.«

»Hier, Messieurs.«

»Die ganze Zeit?«

»Oui.« Der Blick des Mannes wurde unsicherer. Offensichtlich fragte er sich, was das alles sollte.

»Gibt es dafür Zeugen?«

Villepain wies nur mit der Hand auf seine Verkäuferin.

»Ich kann das bezeugen, Messieurs. Die ganze Zeit.«

»Hmmhhm.« Claude brummte vielsagend. »Kann ich mich hier ganz kurz umsehen?«

»Aber bitte.« Villepain hatte nichts dagegen.

»Monsieur Villepain, kann ich schon gehen?« Die Doppelgängerin der Schaufensterpuppe schaute ihren Chef an. Claude beobachtete ihre Blicke derweil genau. »Mein Mann wartet schon.«

»Ist in Ordnung, Madame Maron. Das mache ich schon. Ich wünsche Ihnen einen schönen Abend.«

»Ich Ihnen auch, Monsieur Villepain. Und Ihnen natürlich auch, Messieurs.«

Sie nickte kurz und ging zur Tür hinaus. Der Glockenklang untermalte Claudes Blick, mit dem er ihr noch eine Zeitlang durch die große Glasscheibe folgte, als sie sich schon längst bei ihrem Gatten auf dem Trottoir eingehängt hatte und mit ihm zusammen die Rue Gavarni hinunter verschwand.

»Worum geht es eigentlich, Monsieur Le Commissaire?« Jetzt platzte Villepain mit der Frage heraus, als hätte er erst das Verschwinden seiner Mitarbeiterin abwarten wollen.

»Eine Frau wurde getötet. Madame Bleu.« Claude fixierte mit seinen Augen Villepain genau, als er dies sagte. Er wollte keine der Reaktionen des Ladeninhabers verpassen, da war ich mir sicher. So gut kannte ich meinen Chef.

»Mon Dieu! Nicht wahr!« Villepains Erschrecken schien echt. »Heute Mittag? Mon Dieu!«

»Sie kannten sie gut?«

»Nein.« Villepain schüttelte den Kopf. »Aber wenn Nachbarn sterben, so trifft es einen doch, oder?«

Claude nickte.

»Wir können uns noch ein wenig weiter umsehen, Monsieur Villepain?«

»Aber ja doch.«

Villepain setzte sich. Leicht zittrig zündete er sich eine Zigarette an. Claude ließ ihn keine Sekunde aus den Augen, während er noch ein wenig durch den Laden schlenderte. Ich kannte seine Eigenarten ganz genau. So tun, als beschäftige er sich mit etwas ganz anderem, aber doch aus den Augenwinkeln keine Reaktion des Verdächtigen verpassend. So einfach oder platt sich dies anhören mag, so perfekt und versteckt beherrschte Claude dies. Villepain merkte wirklich nichts, da bin ich mir sicher. Ob ich das jemals so elegant wie mein Chef beherrschen werde? Ich habe da meine Zweifel.

Dann – nach zehn Minuten – gab Claude mir ein Zeichen, und wir verabschiedeten uns. Geschickt ließ er den Zigarettenstummel, den Villepain wenige Minuten zuvor im Ascher ausgedrückt hatte, in seiner Manteltasche verschwinden, während ich dem Ladenbesitzer die Hand schüttelte. Jetzt verstand ich Claudes Umsehen in dem Laden. Er hatte nur die Zeit überbrückt, bis die Zigarette ausgedrückt und abgekühlt war.

»Ich denke, Sie hören noch von uns. Au Revoir.« Wieder erklang das Glöckchen.

Zurück in der Déesse schob Claude als erstes das Stoffschiebedach zurück. Dann genossen wir bei voll aufgedrehter, aber auf dem kurzen Stück absolut wirkungsloser Heizung die Rückfahrt zum Präsidium in der schon tief stehenden Sonne.

Der Rest des Tages verlief ohne besondere Ereignisse. Die Kippe gaben wir mit den anderen Stücken vom Tatort zur Prüfung ins Labor. Dann konnten wir uns um den täglichen Schreibkram kümmern. Und ich mich endlich um das Auslösen meines Autos.

*

Am nächsten Morgen fuhr Claude mit mir noch einmal in die Bleu-Wohnung.

»Vielleicht sollten wir in meiner Wohnung eine Zweigstelle einrichten?«, fragte ich schnippisch, als Claude fröhlich pfeifend die Déesse meinen üblichen Arbeitsweg entlang chauffierte.

»Ja, Pierre, tut mir leid.« Ganz offensichtlich hatte er meinen Wink verstanden. »Aber das wusste ich gestern noch nicht, dass ich heute Morgen gleich wieder bei dir vis-à-vis vorbeischauen wollte. Verzeih mir den zusätzlichen Schlaf, den ich dir jetzt geklaut habe.«

Irgendwie fand ich die Idee verlockend, dass Tatorte immer direkt vor der eigenen Wohnung lägen. In Windeseile rechnete ich aus, dass ich dadurch ungefähr einhundert Stunden im Jahr länger schlafen könnte. Im Mich-reich-Rechnen war ich schon immer gut.

Heute war dem lieben Claude das Glück aber nicht ganz so hold wie am Tag zuvor. Vom gefundenen Parkplatz aus mussten wir knapp hundert Meter laufen, um zum Tatort zu gelangen. Wir befanden uns nur noch gut zwanzig Schritte von der Haustüre entfernt, als Villepain aus dem Haus kam. Er schien uns nicht zu sehen und drehte in die entgegengesetzte Richtung ab.

»Monsieur Villepain!« Claudes Stimme hallte durch die Kälte. Doch der Gerufene reagierte nicht.

Die Stimme deutlich anhebend rief Claude noch einmal seinen Namen. Villepain stockte, dann drehte er sich zögerlich um.

Was für eine Überraschung! Das war nicht Villepain! Ich hätte ebenso wie wahrscheinlich Claude auch schwören können, Villepain sei aus dem Haus gekommen. Aber er war es nicht! Der Mann vor uns glich ihm aber auf frappierende Weise. Der gleiche schlanke Körperbau, die gleiche Frisur mit den angegrauten Haaren, in etwa dem gleichen Alter wie Villepain, ein Profil mit einer ähnlich prägnanten Nase, auch wenn sich ansonsten sein Gesicht von dem Villepains unterschied, die gleiche Eleganz in der Kleidung. Unsere Verblüffung war perfekt.

Claude fand als erster die Sprache wieder.

»Oh, entschuldigen Sie, Monsieur! Wir haben Sie wohl mit jemand anderem verwechselt.«

»Das macht nichts, Messieurs. Ist schon okay.« Er grüßte freundlich und wandte sich wieder ab.

»Pardon, eine Frage noch, Monsieur.« Claude hob die Hand mit gestrecktem Zeigefinger, als wollte er sichergehen, dass der Angesprochene auch gleich wusste, wer diesen Wunsch nachgeschoben hatte.

Der Fremde schaute uns wieder an.

»Ja, bitte?«

»Monsieur, darf ich fragen, wen Sie in diesem Haus besuchten? Oder wohnen Sie hier?«

»Pardon, was geht Sie das an?«

»Oh, entschuldigen Sie bitte unsere Unhöflichkeit. Ich bin Kommissar Renoir und das ist mein Kollege Laroque. Wir sind von der Pariser Polizei. Hier ...«, dabei kramte Claude seinen Dienstausweis hervor, »... ist meine Legitimation.«

Der Mann warf einen kurzen Blick darauf. Dann antwortete er:

»Nein, ich wohne hier nicht. Ich wollte lediglich bei Madame Bleu vorbei schauen.«

»Darf ich fragen, was Sie bei Madame wollten?«

Der Fremde zögerte. Ganz offensichtlich rang er mit sich, was er jetzt sagen sollte. Claudes bohrender Blick zwang ihn scheinbar, doch schnell den Mund zu öffnen.

»Ich ... ich wollte eine Auskunft bei Madame Bleu einholen.«

»Worüber?«

»Ist das wichtig?«

»Vielleicht. – Waren Sie gestern auch bei Madame?«

Der Mann nickte.

»Wann?«

»Gegen Mittag, warum?«

»Nun – Madame Bleu ist tot. Würden Sie mir jetzt bitte sagen, was Sie von ihr wollten?«

Der Mann zuckte bei der Todesnachricht zusammen, dann nickte er. »Ich bin auf der Suche nach einer jungen Dame. Und Madame sagte, sie könne mir helfen. Ich sollte heute wiederkommen. Wann starb Madame Bleu denn?«

»Gestern. - Um die Mittagszeit.«

Blasser werdend blieb der Mann stumm.

»Ich bitte Sie, mir Ihren Namen zu nennen.«

Der Mann holte seinen Führerschein hervor.

»Ah ja. Pierre ...«

Ich verstand und zog Block und Stift hervor.

»Monsieur Buard, sie wohnen wo?«

Buard nannte eine Adresse in Bordeaux.

»Bordeaux? Hm, hm. Wo wohnen Sie hier in Paris?«

»Ich nächtige im Hotel Gavarni, gleich hier um die Ecke.«

»Wie lange werden Sie hier bleiben?«

»Noch drei Tage.«

Claude dachte einen Moment nach.

»Okay, Monsieur Buard, Halten Sie sich bitte zu unserer Verfügung. Sollten Sie das 16. Arrondissement verlassen wollen, setzen Sie sich zuvor mit uns in Verbindung. Halten Sie sich nicht daran, werde ich Ihnen die Hölle heiß machen. Hier ist meine Karte. Sie haben mich verstanden?«

Eingeschüchtert machte der Mann einen Diener, statt einfach nur zu nicken, als er die Visitenkarte entgegennahm. »Selbstverständlich, Messieurs.«

Claude nickte nur. Dann schauten wir dem Mann hinterher, wie er auf seinem Weg zur Rue Gavarni nahezu schlich, anders konnte ich seinen jetzigen Gang nicht nennen. Er bot ein ganz anderes Bild als noch fünf Minuten zuvor, als er souverän aus dem Haus gekommen war.

»Was hältst du davon, Pierre?«

»Ich weiß noch nicht, Chef.« Ich war, wie ich zugeben muss, sehr verwirrt. »Ich weiß jetzt nicht, wen ich am Fenster sah. Aber einer der beiden war es.«

Claude rieb sich nachdenklich die Wange.

»Aber, Chef, warum lassen Sie ihn jetzt gehen?«

»Berechtigte Frage, Pierre. Aber ich bin mir zu unsicher.«

Unsicher! Mein Chef war sich unsicher. Zweifelnd blickte ich ihn an.

»Ja, Pierre. Wir haben noch nichts in der Hand. Lass uns erst noch einmal in der Wohnung nachschauen. Vielleicht wissen wir danach mehr. Ich bin mir sicher, dass Monsieur Buard uns nicht weglaufen wird.«

Der Hoffnung und, wie schon so oft, der Menschenkenntnis meines Chefs folgend nickte ich nur. Dann betrat ich nach ihm ins Haus.

In der Wohnung der armen France hatte Claude das soeben geführte Gespräch wohl schon abgehakt. Zielstrebig steuerte er auf den Schreibtisch zu, griff das Fotobuch und schlug eine in seinem Sinne bestimmte Seite auf.

»Sag mal, Pierre, erkennst die diese Frau?«

Ich schaute mir das Portrait genau an.

»Nein. Wer ist das?«

»Miriam Valet. Callgirl. Vor zwei Jahren umgebracht.«

»Oh ja, mir dämmert's!« Das passierte damals ebenfalls in unserem Bezirk, wenn auch im Westen des Arrondissements. Miriam wurde erstochen. Ihr Mörder nie gefasst.

»Und Sie sehen eine Verbindung?«
»Bisher noch nicht. Aber ich wollte nur noch einmal einen Blick darauf werfen. Gestern kam mir das Gesicht bekannt vor. Aber es fiel mir nichts Genaueres ein. Erst heute Morgen ... Entschuldige nochmals. Du siehst, ich konnte es gestern Abend noch nicht wissen ...«
»Schon gut, Claude. Das eben im Auto sollte mehr ein Scherz gewesen sein.«
Claude legte das Buch zurück.
»Sind eigentlich die Untersuchungsergebnisse schon da?«, fragte ich, da Claude heute Morgen schon vor mir im Commissariat gewesen war und ich wegen der Beschäftigung mit einem anderen Fall noch nicht zur Ergebnissichtung gekommen war.
»Oui. Die DNA-Analyse des Speichels auf der Kippe von hier stimmt mit der DNA von der Kippe aus Villepains Laden überein. Die Pistole war spurenfrei, ist noch in der Ballistik. Die Fingerabdrücke auf dem einen Glas sind von Bleu, die auf dem anderen noch unbekannt.«
»Aha! Das heißt, Villepain war gestern hier.«
»Oui. Aber ohne Rückschluss auf den Zeitpunkt. Also wertlos.«
»Aber er kennt sie vielleicht besser, als er zugestehen will.«
»Oui.«
Oft genug wünschte ich, in Claudes Gedankengänge Einblick nehmen zu können. Nachdenklich stand er vor mir. Aber was auch immer er jetzt gerade kombinierte – es blieb mir verborgen.
»Haben wir überprüft, wo Villepain genau wohnt, Pierre?«
»Nichts einfacher als das, Chef. Ich schaute gestern noch nach. Er wohnt direkt gegenüber. Kommen Sie mit.«
Wir gingen ins Treppenhaus hinaus. Die direkt der Wohnungstür von France Bleu gegenüberliegende Tür selbst war ohne Namensschild, doch auf der kleinen Klingel

zu ihrer Linken konnte man, wenn auch nur sehr schlecht, »J. Villepain« lesen.

»J steht für Jacques, Claude.«

Claude nickte nur und stellte sich direkt vor die Tür, um von dort zur Wohnung der roten France zu blicken. So stand er für einige Minuten still und stumm.

»Komm, Pierre, lass uns einen Spaziergang um den Block machen. Meine Gedanken brauchen ein wenig frische Luft.«

Ich willigte ein. Was hätte ich auch sonst tun sollen? Außerdem war das Wetter wieder wunderbar, wenn auch – so wie gestern – eisig kalt. So drehten wir warm in unsere Mäntel eingepackt unsere Runde.

Zunächst schritten wir den Weg vom Haus der Tat bis zu Villepains Modeladen ab. Claude stoppte die Zeit. Er vermied es allerdings, in den Laden einzutreten. Sogar ein Verweilen vor der Glasfront schien ihm nicht gelegen. Schnell passierte er mit mir im Schlepptau das »Mode Villepain«.

Es war Mittagszeit. Wir kauften uns in dem Bistro an der Ecke, bei dem ich mich durchaus als Stammkunde bezeichnen durfte, jeder ein Baguette zum Mitnehmen und gingen in meine Wohnung. Ich hatte Claude auf einen Kaffee eingeladen. Das Ambiente des Bistros war nicht schlecht, doch eine gemütliche eigene Stube, gerade in jenem Viertel, ist durch nichts zu ersetzen.

»Schön, dass ich dein Reich kennenlernen darf.«

Ich nickte stolz und führte Claude in meiner Wohnung herum, während das Wasser in der Kaffeemaschine in den Filter hinein blubberte.

Interessiert schaute mein Chef auf meine Bücher und DVDs.

»Ich sehe, du bist ein Agatha Christie Fan, stimmt's?«

»Stimmt, Claude. Ich glaube, von ihren durchtriebenen Ideen können wir Ermittler immer lernen.«

Claude nickte lächelnd. Dann ging er zum Fenster und blickte hinaus.

»Du wohnst auf der Nordseite. Nicht zu kalt jetzt im Winter? Gerade bei diesem wolkenlosen Himmel der letzten Tage?«

»Vielleicht. Aber Im Sommer dafür sehr angenehm.«

Ich reichte ihm die warme Tasse. Es war wirklich saukalt draußen. Claude schaute auf seine Armbanduhr.

»Na, da haben wir noch genügend Zeit, unsere Pause zu genießen. – Oder gibt es etwas, das dich drängt und zur Eile zwingt, Pierre?«

Mir fiel nichts ein. Einfach einmal für eine halbe Stunde mit Claude am Fenster stehend und ein Baguette essend in einen winterlichen Straßenzug von Paris zu blicken hatte vieles für sich. Etwas Vergleichbares kam viel zu selten vor.

So standen wir schweigend nebeneinander und blickten hinaus. Aber ich kannte meinen Chef gut genug, um zu wissen, dass er auch jetzt irgendwelchen Kombinationen nachging.

Dann durchbrach er die Stille.

»Pass auf, Pierre. Ich möchte alle Beteiligte morgen um zwölf Uhr am Tatort haben. Nachbarin, Villepain, Madame Maron, Monsieur Buard und, wenn möglich, den Anrufer von 12 Uhr 25. Mir kam da gerade eine Idee.«

*

Um zwölf Uhr des nächsten Tages fanden sich die Personen wie gewünscht ein. Alle waren da. Der Anrufer war eine Anruferin: Madame Girot, Freundin von France.

»Ich freue mich, dass Sie alle hier sind. Für mindestens einen von Ihnen wird das aber keine Freude sein.« Claude blickte streng in die Runde. »Doch fangen wir an. - Monsieur Villepain, mit Ihnen möchte ich beginnen. Wo wohnen Sie?«

»Dort.« Villepain wies mit dem Zeigefinger zur Wohnungstür.

»Was heißt ›dort‹?«

»In der Wohnung vis-à-vis.«

»Also direkt hier gegenüber.«

Villepain nickte. Claude verzog seinen Mund zu einer Art Schmollmund und nickte, schaute Villepain aber dabei durchdringend und prüfend an. Dann wandte er sich an die Dame an Villepains Seite.

»Madame Maron. Sie bezeugen, dass Monsieur Villepain vorgestern um diese Zeit ...«, dabei blickte Claude auf seine Armbanduhr, um sich noch einmal zu vergewissern, dass er die Befragung im richtigen Zeitfenster vornahm, »... im Laden war und Sie mit ihm?«

Madame Maron nickte zustimmend. Claudes Blick glitt von Madame Maron zu Villepain und wieder zurück zu der Frau.

»Ich fürchte, Sie beide haben etwas übersehen. Einen dieser unendlichen Zufälle des Lebens.«

Villepain und Maron schauten nervös erst sich einander an, dann zu Claude Renoir, der seinen Mund einseitig zu einer Art triumphierenden Grinsen zog, wobei sein Schnäuzer die Form einer gebogenen Bürste annahm.

»Was geschah zu dieser Zeit vor Ihrem Laden?« Wieder fixierte sein Blick erst die Frau, dann Villepain. »Es passierte etwas, dass nicht jeden Tag passiert.«

Die beiden wurden blass und noch unruhiger.

»Nichts, Monsieur.«

Villepain zündete sich zittrig eine Zigarette an. »Gibt es hier einen Ascher?« Claude griff den Metall-Fisch von dem direkt vor ihnen stehenden Tisch und reichte ihn Villepain.

»Ich helfe Ihnen. Wurde vielleicht etwas abgeschleppt?« Ich ahnte, auf was Claude hinaus wollte. Und ich fand, dass er dafür den beiden doch sehr stark auf die Sprünge helfen wollte. Warum ließ er sie nicht auflaufen?

Villepain zuckte nur mit den Schultern.

»Und selbst, wenn Sie jetzt das Abschleppen bestätigen würden, dann würde ich nach dem Was und der genauen Beschreibung fragen. Und die können Sie nicht liefern. Denn Sie waren nicht im Laden!«

Diese Feststellung Claudes schlug wie ein Hammer ein! Villepain und Maron starrten jetzt kreidebleich.

Claude wandte sich an die Frau, die weder er noch ich zuvor gesehen hatte.

»Madame Girot, Sie telefonierten mit France Bleu kurz vor halb eins?«

»Oui, Monsieur.«

»Worum ging es?«

»Nun, um nichts Besonderes. Denn unser Gespräch begann erst gar nicht richtig.«

»Warum, Madame Girot?« Neugierig neigte Claude seinen Kopf ein wenig zur Seite.

»France musste das Gespräch direkt abbrechen.«

»Warum?«

»Das weiß ich nicht. Sie sagte nur: ›Ich muss auflegen. Das Schwein von gegenüber kommt.‹ Dann war das Gespräch beendet.«

»Das Schwein von gegenüber?«, wiederholte Claude in eine Frage verpackt.

Madame Girot nickte.

Ich beobachtete Villepain. Nervös nestelte er an dem Kragenknopf seines Hemdes herum. Es schien, als zöge sich die Schlinge um Villepain zu. Claude wandte sich an die Nachbarin, die den Schuss gehört und die Polizei alarmiert hatte.

»Madame Gaillarde, hörten Sie etwas außer dem Knall?«

»Nein. Irgendwelche Schritte auf der Treppe fünf oder zehn Minuten später – aber sonst nichts.«

»Sahen Sie vor oder nach der Tat jemanden im Treppenhaus oder vor dem Haus?«

»Ja, ich sah, wie Herr Villepain gegen Zwölf ins Haus ging. ... Aber ich bin mir da jetzt nicht mehr so sicher, Monsieur Le Commissaire.« Verwirrt pendelte ihr Blick zwischen Villepain und Buard hin und her.

Claude sah mich an. Aber auch ich hatte keine weitere Frage an die Nachbarin. Renoir machte eine lange, nachdenkliche Pause. Dann hob er wieder an:

»Zu Ihnen, Monsieur Buard. Wann waren sie hier?«
»Gegen Zwölf. Bis ungefähr Viertel nach Zwölf.«
»Dann könnte Madame Gaillarde also Sie statt Villepain ins Haus kommen gesehen haben?«
Buard stimmte zu.
»Und? Was wollten Sie von France Bleu?«
»Ich hoffte, dass sie mir bei der Suche nach einer bestimmten Dame helfen könnte.«
»Und? Konnte sie?«
»Sie sagte es zumindest. Ich solle heute wiederkommen, dann würde sie mich ‚aufklären', wie sie es formulierte.«
Claude schlug das Fotobuch auf.
»Ist es diese hier?«
Buard blickte mit großen Augen auf das Bild.
»Aber ja! Das ist Miriam! Wo ist sie?«
»Nun, Monsieur Buard, bevor ich Ihnen darauf eine Antwort gebe, hätte ich gerne von Ihnen gehört, was sie von Miriam wollten.«
Buard zögerte.
»Nun?«, fragte Claude eindringlich nach.
»Ich lernte Miriam vor etwas mehr als zwei Jahren kennen. Sie leistete mir gute Dienste, wenn ich in Paris war. Und jetzt bin ich wieder hier – und hätte gerne wieder ihre Fürsorge in Anspruch genommen.«
Claude zog seinen Mundwinkel zu seinem typischen Halbgrinsen. Doch nur für einen kurzen Augenblick.
»Wirklich? War es nicht eher so, dass France etwas von Ihnen wollte? Dass Sie schon immer wussten, wo Miriam ist? Weil Sie sie eigenhändig umgebracht hatten und jetzt eine lästige Mitwisserin loswerden wollten?«
Buard wurde während Claudes aggressiven, immer lauter werdenden Fragen blass und blasser. Legte sich jetzt die Schlinge um Buards Hals?
»Aber, Claude, wer von den beiden war es denn nun?«
Ich war bis in die Haarspitzen neugierig und konnte meine Ungeduld nicht bremsen.

»Wir kommen der Sache näher, Pierre. Einen kleinen Moment noch«, antwortete Claude. Dann schaute er wieder den Modeladen-Besitzer und dessen Angestellte an.

»Monsieur Villepain und Madame Maron, es tut mir leid, Sie so in die Enge gebracht zu haben.«

Die beiden blickten erstaunt – erst zu Claude, dann sich gegenseitig an.

»Wo waren Sie wirklich? Raus mit der Sprache!«

Die beiden zuckten zusammen. Dann fügte Claude, an die Frau gerichtet, hinzu: »Ihr Mann wird nichts erfahren. Versprochen!«

Villepain und Maron blickten sich in die Augen. Er griff ihre Hand.

»Wir waren im Hinterzimmer, Monsieur Le Commissaire. Die ganze Zeit. Der Laden war verschlossen.«

»Und damit das nicht sofort auffiel, stand eine Puppe mit Ihrer Kleidung irgendwo im Laden, richtig? Jeden Mittag die gleiche Prozedur, korrekt?«

Madame Maron nickte eingeschüchtert. Man sah, dass sie den Tränen nah war. Alle folgten Claudes Schlussfolgerungen voller Erstaunen.

»Also war es doch Buard, den ich gesehen habe!«, platzte ich los. »Sie sehen sich aber auch verdammt ähnlich.«

»Damit, lieber Pierre, sind wir beim Schlüssel des Ganzen. Als ich gestern um diese Zeit bei dir in der Wohnung am Fenster stand, fiel mir etwas Besonderes auf. Und ich machte mich anschließend bei unseren Fachleuten kundig. Sie bestätigten meine Vermutung.«

Claude schaute auf die Uhr.

»12 Uhr 28. Komm bitte einmal her. Und Sie beide auch.« Damit meinte er die beiden Gendarmen. Er ging zum Fenster, ungefähr an die Stelle, wo die Pistole gelegen hatte.

»Reich mir kurz deine Waffe, Pierre.« Ich fingerte sie aus dem Halfter und reichte sie ihm. Ich war extrem auf das gespannt, was er jetzt demonstrieren wollte.

»Also stand nicht Villepain mit der Waffe hier, sondern Buard, stimmt's, Claude?«

»Nun, ich stimme dir zu, dass es Villepain wohl nicht war. Ist dir übrigens aufgefallen, dass Villepain den Ascher nicht kannte? Wie seine Kippe wohl da hineinkam ...? – Und Buard? Er ist ein armer Tropf, der zur falschen Zeit am falschen Ort war. Monsieur Buard ...«, dabei wandte er sich kurz von mir weg, »... es tut mir leid, dass ich Sie gerade so angegriffen und erschreckt habe.«

Dann wandte Claude sich wieder an mich.

»Schau einmal hinaus zu deiner Wohnung.«

Ich blickte hinaus. In dieser auch heute sonnigen, klaren Winterluft wirkte die Fassade gegenüber noch schöner als sonst. Die Sonnenstrahlen leuchteten in Form eines anderen Fensters auf der Außenfassade meiner Wohnung mit dem Fenster.

»Du siehst die Sonne auf deinem Fenster?«

Ich nickte. Der Anblick gefiel mir.

»Was glaubst du, was du jetzt aus deiner Wohnung heraus hier hinauf blickend sehen würdest.«

Es dämmerte mir. Ich schluckte.

»Du schaust von dort direkt in die Sonne hinein, die sich aus dem Blickwinkel da unten hier in genau diesem Fenster spiegelt. Du könntest mich, der ich jetzt hier stehe, nicht sehen, geschweige denn erkennen! Ich habe es von den Météo-Leuten überprüfen lassen: Um diese Uhrzeit scheint in diesen Tagen die Sonne bei freiem Himmel in genau diesem Winkel und erzeugt diesen Effekt der Lichtspiegelung von hier genau auf dein Fenster für ungefähr zehn Minuten. – Die Sonne bringt es an den Tag.«

Ich musste mich setzen.

»Und dass du Miriam Valet auf dem Foto nicht sofort erkanntest, hatte mich vorher schon stutzig gemacht. Du selbst hast doch damals als leitender Fallanalytiker an dem Fall mitgearbeitet! – Ich ahne jetzt, mit welcher Einnahmequelle du dein Leben in diesem Quartier finanzieren konntest. – Aber ich muss dir meinen Respekt zollen. Dein geplantes Falschparken an einer Stelle, von der unverzüglich abgeschleppt würde, wenn man nur die richtige Stelle informiert, war natürlich genial! Das meine ich wirklich. Ein geschickter Schachzug, um das Alibi des armen Villepain, dessen mittägliches Schäferstündchen du genau kennst, komplett zu durchlöchern. Ohne die Sonne wäre ich darauf hereingefallen. Kompliment!«

»Und was wollten Sie mit der Waffe zeigen?«

»Nichts, Pierre. Nur sichergehen. - Nehmt Ihn fest, Leute!«

*

Jetzt sitze ich hier in meiner Zelle und bringe das Geschehene zu Papier. Ich weiß nicht, wie es mit mir weitergehen wird. Claude ermittelte anhand meiner Finanzströme, wie ich meinen kleinen Callgirl-Ring organisiert hatte. Durch Kontenabgleiche konnte er auch stichfest belegen, dass France regelmäßig Geld von mir bekam. Sie wusste, dass ich Miriam, die aussteigen wollte, umgebracht hatte. Und kassierte mich dafür monatelang ab. Jetzt kriegen sie mich auch dafür dran.

Die Zellentür geht auf. Claude steht in der Öffnung.

»Hallo, Pierre. Ich habe dir etwas mitgebracht.«

Er reicht mir ein in buntes Geschenkpapier eingepacktes Etwas.

»Was ist das?«

»Ein Roman, den du noch nicht besitzt, wenn ich deine Büchersammlung richtig überblicke. Agatha Christie – Der Mord an Roger Ackroyd. Ich glaube, der wird dir gefallen.«

»Warum?«

»Nun, lass dich überraschen! Wenn du es gelesen hast, wirst du es wissen ...«

Er nickt zum Abschied und geht. Krachend fällt die Tür ins Schloss.

ENDE

Weinerts Ende

Ergriffen und zugleich in angespannter Aufbruchsstimmung steht Franz am eigenen Grabe. Abschied nehmen fällt schwer, und es trifft seine Liebste schwerer als ihn selbst. Hätte all das verhindert werden können? Franz verflucht insgeheim das letzte Jahr und den April des vorletzten Jahres. Und doch – noch vor wenigen Tagen wäre alles abwendbar gewesen. Wäre Margarete nicht unvermittelt in Gefahr geraten ...

*

Margarete streckte sich im Gras der sanften Uferböschung. Mit geschlossenen Augen der Natur lauschend entschwebte sie für wenige Augenblicke in ihre Traumwelt. *In die Ferne entfliegen! Die gewohnte Heimat einfach einmal so verlassen – ohne Zwänge, das Neue suchend!* Es schien Margarete, als löste sich ihr Geist von ihrem Körper, um sich aufzuschwingen, die Welt zu entdecken.

Das Summen einer Biene fing ihre Gedanken wieder ein. Eine Biene! Dabei hatte die Blüte der Pflanzen noch gar nicht recht begonnen. *Flieg, Biene, flieg! Flieg! Erfülle deine Pflicht! Wie ich die meine zu erfüllen habe. Jeden Tag. So, wie meine Eltern es mich lehrten.* Margarete liebte ihre Familie über alles. Ihr Vater, ein rechtschaffener Kaufmann, hatte sie mit Strenge und gleichzeitig einer sie immer wieder verblüffenden Liebe schon früh in die Geheimnisse und Fallstricke seines Geschäftes eingeführt. Und Margarete griff jeden Hinweis und Ratschlag mit Wissbegierde auf. Es erfüllte sie mit Glück, den Stolz in Vaters Augen zu sehen, wenn sie eine Aufgabe zu seiner vollsten Zufriedenheit gelöst hatte. Auch wenn das eine oder andere Mal kleine Auseinandersetzungen die Idylle trübten. Dann spürte sie – doch ganz selten – ihres Vaters geheimen Wunsche nach einem Sohne. Sicher nicht an ihrer Statt. Aber als Bruder und zukünftigen Mann im Hause. Und doch liebte er sie uneingeschränkt – das wusste sie. Und kamen ihr des einen Tages doch einmal Zweifel, so sprang die Fürsorge ihrer Mutter herbei, die gleichermaßen die Wallungen der Gefühle ihrer Tochter als auch die ihres Mannes verstand und beherrschen konnte.

Flieg, Biene, flieg!

Das Summen des Flügelschlages mischte sich mit dem Glucksen der Wellen am Rheinufer. Margarete öffnete die Augen. Ihr Blick streifte die Wälder der gegenüberliegenden Flussseite. Ein Schiff näherte sich stromaufwärts. Ein Schiff! Das konnte nur ein örtlicher Schiffer oder eine Lieferung hierher oder nach Stockstatt sein. Erst vor einigen Tagen hatte Margarete sich mit einer Freundin auf den Weg zur Knoblochs Aue gemacht, um die neuen Dampfschiffe mit den großen Antriebsrädern auf jeder Seite zu bewundern. Diese Kolosse folgten dem neuen Verlaufe des Rheines, den ganze Herrscharen von Bauarbeitern vor sechs Jahren knapp eine Meile von hier entfernt geschaffen hatten. Margarete hatte sich nie entscheiden können, ob sie diese Veränderung für sich als gut oder schlecht hinnehmen sollte. Genauso, wie sie und viele andere die neuen Maßeinheiten in Frage stellten. Endlich war der Rhein besser zu befahren. Was hätte man sich genialeres für die Anbindung an die große Welt wünschen sollen? Doch ihre vertraute Welt geriet kräftig aus dem Ruder. Nicht nur sie – alle Menschen hier spürten, dass sie nur noch an einem Wurmfortsatz lebten. Die Strömungen der Welt rauschten viele Steinwürfe entfernt an ihnen vorbei. Und Margarete konnte die Veränderung nicht nur fühlen – sie sah sie. Jetzt. Mit Ihren eigenen Augen. Wie schon immer, wenn sie hier an ihrem Lieblingsplatz vor den Erfelder Toren in Gras lag, schweifte ihr Blick zu den Inseln im Strom. Die größte von Ihnen, der Kleine Kühkopf, lag schon nicht mehr recht im Strom. Das verbliebene Wasser suchte sich in dieser Rheinschleife den Weg am äußersten Rand. Das Bogeninnere versandete zusehends. Und damit wuchs der Kleine

Kühkopf immer dichter an das gegenüberliegende Ufer, diese neugeschaffene Insel, heran. *Eines Tages wird man trockenen Fußes vom Großen zum Kleinen Kühkopf laufen können.*

Margarete wollte das nicht. Sie schloss noch einmal kurz die Augen und genoss die für einen April schon sehr kräftigen Sonnenstrahlen. Dann sprang sie auf. Der leichte Wind fing sich in ihren schulterlangen, blonden Haaren, die sie nur jetzt am freien Nachmittag so offen trug. Durch das wadenhohe Gras schlenderte sie zurück ins Dorf.

»Pssst! Margarete!« Sie erkannte die flüsternde Stimme hinter einer Häuserecke sofort.

»Franz!« Sie unterdrückte ihren Ausruf zu einem kaum vernehmbaren Hauchen. Sie wusste um die angespannte Situation, in der Franz sich auf seiner Flucht befand. Schnell sprang sie in das Dunkel der Ecke. »Franz!«

Im Schutze des Mauerwerks fielen sie einander um den Hals.

»Du traust dich hierher? Warum?«

»Wenn ich mich nicht mehr zu dir traute, was wäre dann mit mir? So heftig können die Repressalien gar nicht sein, als dass ich den Weg zu dir nicht suchen würde.« Sanft und doch kräftig drückte Franz seine Verlobte an sich.

»Ich glaubte dich in Giessen oder dem dortigen Umland.«

»Ach Margarete, Giessen ist ein zu unsicheres Pflaster geworden. Ich hatte gehofft, es sei anders geworden. Aber seit dem Sturm auf die Wachen jagen alle Polizeieinheiten in Giessen, Frankfurt und Darmstadt scharf gemachten Bluthunden gleich unsere kleine Gruppe.«

»Sind alle aus eurer Burschenschaft gleichermaßen betroffen?« Ihn gleichzeitig liebkosend flüsterte sie ihm die Frage ins Ohr.

»Einerseits ja. Die Germanen sind für alle ein rotes Tuch geworden. Aber andererseits werden nur wir vier nach wie vor steckbrieflich wegen des Sturms gesucht.«

»Aber es war doch im letzten Jahr so schön ruhig um die ganze Aufregung geworden. Warum diese Verschärfung in den letzten Monaten? Ach, Franz, wärest du doch nie nach Giessen gegangen!«

Die Antwort, die Franz geben wollte, wurde durch ihren innigen Kuss für den Augenblick unterdrückt. Seit ganzen vier Wochen hatten sie sich nicht mehr gesehen.

»Ich musste. Ich hätte es mir nie verziehen, nicht in das dortige Studium einzutreten. Schau dir Georg an. Er ging dorthin, als es schon ungemütlich geworden war.«

»Ach, Franz, hör auf mit diesem Georg. Er und Siebenpfeiffer waren schlauer als ihr. Hättet ihr es doch genauso gemacht. Warum habt ihr den Sturm nicht abgelehnt? Es wäre alles besser gekommen.«

»Nichts wäre besser gekommen. Nichts. Ob Gewalt oder keine Gewalt – die Herrschenden lassen mit ihrem Druck nicht locker. Und was hat Georg mit seiner Gewaltlosigkeit erreicht? Er setzte auf die Kraft des scharfen Wortes. Und traf damit die da oben an ihrer verwundbarsten Stelle. Genau das, was er beabsichtigte. Aber das ist auch der Grund dafür, dass es in den letzten Wochen nicht mehr so ruhig um die ganze Aufregung stand. Der Landbote war gewaltiger als jeder Sturm, den wir anzetteln wollten. Die Oberen fürchten das Wort mehr als alle Waffen. Sie sind verwundet. – Und da half dem Georg auch kein Rückhalt mehr. Selbst Wilhelm, sein Bruder, setzte sich uneigennützig für ihn ein. Doch alle Unterstützung half nicht. Letztlich musste Georg ins Ausland fliehen.«

»Georg ist fort?«

»Ja, Margarete. Vor einem Monat. Wieder zu seiner Minna nach Frankreich. Wir werden immer weniger.«

»Kannst du nicht aufhören? Franz! Bitte! Wie sollen wir zur Ruhe kommen? Wie eine Familie gründen? Bitte! Du musst nicht einer der letzten sein!«

»Und wie? Einfach mich hier niederlassen und sagen ‚Ich tue euch nichts mehr'? Das wird die Obrigkeit nicht beruhigen. Im Gegenteil. Freuen wird sie sich über den leichten Fang, der ich ihr bin. Mach dir nichts vor, Margarete. Wir werden weiterkämpfen müssen – ob wir wollen oder nicht.«

Franz drückte seine Liebste wieder fester an sich.

»Und doch, Margarete, wird auch wieder mehr Ruhe einkehren. Lass sich den Rauch über dem Landboten-Feuer verziehen. Und du wirst sehen, wir finden auch im Kampfe einen Fleck Erde, an dem wir Ruhe finden und vor überreagierenden Häschern sicher sind.«

»Kann das nicht schon jetzt passieren?« Margarete legte all ihre Hoffnungen in diese Frage.

»Jetzt weniger denn je. Der Amtmann Schneider aus Darmstadt ist mir dicht auf den Fersen. Mir scheint, er verspricht sich eine große Menge für seinen Aufstieg, falls er mich ergreift.«

»Und nun?« Margarete blickte ihrem Verlobten wehmütig in die Augen.

»Durchhalten und auf die Zeit hoffen, dass die Aufregung nachlässt.«

Margarete sagte nichts. Sie schaute ihm genau in die Augen. Sie kannte ihren Franz genau.

»Du willst sofort wieder fort, stimmt's?«

»Ja, Margarete. Ich kam nur, um dich zu sehen und dich wieder in meinen Armen zu halten. Doch habe ich in Stockstatt noch etwas zu besorgen. Bevor ich dann heute Abend aus dieser Gegend wieder verschwinde, komme ich noch einmal bei dir vorbei. Doch sei auf der Hut. Rede mit niemandem über mich.« Franz küsste sie noch einmal innig. »Bis heute Abend.«

Eilig verschwand er hinter der nächsten Häuserecke.

*

Des späteren Nachmittags werkelte Margarete an ihren Handarbeiten im langsam schwächer werdenden Licht am Fenster. *Wie herrlich könnte es sein, mit Franz ein ganz normales Leben ohne Angst zu führen. Warum zieht er sich aus alledem nicht zurück?* Sie hielt vom Kämpfen nichts. *Gegen die Obrigkeit des Großherzogtums haben die Kleinen ja doch keine Chance. Und was interessieren uns die Polen? Was haben Franz und alle anderen erreicht? Nichts! Die Freiheit wurde noch mehr eingeschränkt. Wir können weniger frei reden denn je.* Margarete schüttelte in solchen Gedanken versunken ihren Kopf. Mit geschlossenen Augen sortierte sie ihr Innerstes. Ihre Wunschvorstellung von einem Leben mit Franz schien in einem alles aufsaugenden Nebel zu verschwinden. Aber einen anderen als Franz würde es für sie nimmer geben. *Ach Franz!*

Die Sonne neigte sich schon sehr dem Horizont zu, als es an der Türe heftig polterte. Margarete schreckte aus ihren Gedanken auf. Sie sprang auf und eilte zum Eingang. Doch ihre Vorsicht mahnte sie.

»Wer ist da?«

»Amtmann Jakob Schneider aus Darmstadt. Bitte öffnen Sie!«

»Was wünschen Sie?« Margarete überlegte noch krampfhaft, was sie denn tun sollte.

»Bitte machen Sie sofort auf! Im Namen der Obrigkeit des Großherzogtums!«

Was sollte schon passieren? Franz war nicht hier. Und ihr selbst konnte man ja wohl nichts anhaben. Margarete öffnete die schwere Holztür. Vor ihr stand ein schlanker Mann in schwarzem Gehrock. Den Zylinder hatte er vom Kopf genommen.

»Treten Sie ein, mein Herr.« Ganz gleich, was sein Auftrag sein mochte - Margarete hielt die Formen der Höflichkeit bei, wie sie es von ihrem Vater gelernt hatte.

»Sie sind Fräulein Margarete Schlindwein?«

Margarete bejahte.

»Ich suche den Burschen Franz Walter Weinert. Sie kennen ihn?«

Margarete wusste, dass das Faktum allgemein bekannt war. Also bejahte sie auch dies. »Was wünschen Sie von Ihm?«

»Ich habe hier einen schon länger bestehenden Steckbrief wegen staatsverräterischer Handlungen gegen ihn. Sie wissen davon?«

Margarete nickte zögerlich. Unwohlsein blockierte für den Moment ihre Stimme. *Um Himmels Willen nur keinen Fehler machen!*

»Ist er hier?«

»Nein.«

Schneider blickte sie bohrend an. Mit einer Hand strich er sich durch sein dunkelblondes Haar.

»Sie wissen, wo er ist?«

Margarete überlegte für den Bruchteil einer Sekunde. Tatsächlich wusste sie ja nicht, wo Franz genau in diesem Augenblick war. Also verneinte sie wahrheitsgemäß.

Schneider hielt seinen durchdringenden Blick bei.

»Liebes Kind, überlegen Sie doch noch einmal.«

Margarete hielt seinem Blick stand. »Ich mag gerne weiter überlegen, aber ich weiß es nicht.«

Der Amtmann stolzierte in einem Bogen durch das Zimmer. Prüfend suchten seine Augen alle Einzelheiten ab. Er öffnete die Schranktüre, schaute ins Nebenzimmer, sah zum Fenster hinaus.

»Was täten Sie, wenn er käme?«, fragte er neugierig.

Margarete zuckte mit den Schultern. »Ist er denn auf dem Wege hierher?«

»Vielleicht.« Schneider stolzierte jetzt direkt vor ihr auf und ab, ohne seinen Blick von ihr abzuwenden. »Wenn Sie ihn decken, wird es Ihnen nicht gut bekommen.« Dabei schaute er ihr nicht mehr in die Augen, sondern musterte sie vom Kopf bis zu den Füßen. »Warum halten Sie so sehr zu ihm?«

Margarete wusste nicht so recht, was sie von dieser Frage halten sollte. »Ist das wichtig?«

»Wenn sie eine Komplizin sind, schon.«

»Wird man durch Liebe denn zum Komplizen?« Margarete war es leid. Sie wollte sich nicht vorwerfen müssen, ihre Liebe verleugnet zu haben. Ja, sie liebte ihn.

»Liebe.« Schneider wiederholte dieses Wort betont höhnisch. »Sie sind doch auf den nicht angewiesen. – So, wie sie aussehen.« Sein Blick wanderte wieder an ihr entlang hinab.

»Glauben Sie, Sie könnten das beurteilen?«

»Ich glaube sogar sehr viel besser als Sie, mein Kind.«

»Ich bin nicht Ihr Kind.«

Des Amtmannes Blick blieb an ihrer Brust hängen. »Nein, wahrlich kein Kind.« Ein Lachen umspielte die Züge seines Mundes. Er schaute noch einmal durch den gesamten Raum. »Vielleicht könnten Sie ihm ja helfen.«

»Helfen? Wie?«

»Nun ja, das Durchführen der Nachforschungen in diesem Falle obliegt allein mir. Ich könnte ja mal eine längere Pause einlegen. Es gibt ja so viele andere bearbeitenswerte Steckbriefe. Du könntest mich ja überzeugen.«

Margarete zuckte zusammen. Sein Wechsel zum »du« traf sie ins Mark. Mit seiner rechten Hand streichelte er sanft ihren linken Oberarm. Margaretes Nackenhärchen stellten sich auf. Sie wich zurück. Ihre rechte Hand fasste an die Stelle, an der der Mann sie berührt hatte, als hätte sie dort eine Verletzung erlitten. Ja, da war eine Verletzung – wenn auch keine sichtbare. Angst ergriff Margarete.

»Rühren Sie mich nicht an!« Sie wünschte sich, nicht allein im Haus zu sein. Aber wer sollte jetzt kommen?

»Liebes Kind, du könntest ihm so sehr helfen. – Jetzt willst du es schlimmer machen?« Seine Hand fuhr wieder aus. Heftig schlug Margarete sie zur Seite. Mit einem blitzschnellen, kräftigen Griff packte Schneider jedoch ihr Handgelenk und zog sie näher an sich heran.

»Lass mich los, du Schwein!« Mit der Faust ihrer freien Hand hämmerte Margarete so stark so konnte gegen seine Schulter. Schneider lachte nur spöttisch.

»Zier dich nicht! Du wirst es lieben – glaube mir.«

Margarete wand sich hin und her, doch sie konnte sich nicht aus seiner Klammerung lösen. Sie schrie aus Leibeskräften um Hilfe, doch niemand antwortete. Langsam und zielsicher drängte der Mann sie zur Tür zum Nebenzimmer.

Margarete wusste, warum. *Um Himmels Willen nicht ins Schlafgemach!* Beide Arme des Grobians umschlangen sie nun. Sie konnte sich zwar ruckartig drehen, so dass sie ihm nicht mehr Aug in Aug ausgeliefert war, doch hatte sich dadurch an Ihrer Situation grundsätzlich nichts geändert. Seine Hände klammerten sich auf ihrem Bauch aneinander fest. Der Griff schien unauflöslich. Margarete kreischte hysterisch. Noch einmal versuchte sie, alle Kraft aufzubringen. Doch das war noch immer zu wenig. Langsam wurde sie zur Tür gezogen. Vorbei an dem Tischchen mit dem schweren, metallenen Kerzenständer. *Der Kerzenständer!* Margarete beugte sich blitzschnell vor, griff zielsicher den Ständer, drehte sich in dieser vorgebeugten Position mit letzer Anstrengung wieder um und schleuderte in dieser Drehbewegung das Metall mit voller Wucht in Schneiders Gesicht. Sie vernahm laut und deutlich ein Krachen. Doch keinen Schrei. Der Griff um ihren Körper herum löste sich. Leblos sackte der Amtmann in sich zusammen. In ihrer Erregung schlug Margarete noch einmal dem daniederliegenden Körper den Ständer laut krachend mitten ins Gesicht. Dann fiel auch sie zu Boden.

*

Das Prasseln der Steine gegen die Fensterscheiben weckte Margarete aus ihrem Dämmerzustand nach ihrer Ohnmacht. Noch benommen rappelte sich die junge Frau auf und schwankte zum Fenster. Franz wollte gerade die nächste Handvoll werfen, als er Margarete die Flügel öffnen sah.

»Was ist los, Liebste? Hast du geschlafen?«

»Oh Gott, Franz! Warte, ich mache dir auf.«

Flugs eilte sie zum rückwärtigen Eingang, um ihn aufzusperren. Franz wollte wohl den gassenseitigen Vordereingang nicht benutzen, um keine Aufmerksamkeit zu erzeugen.

»Komm! Schlimmes ist passiert, Liebster!« Sie griff seine Hand und zog ihn in die Wohnung. Franz erblickte das Unglück.

»Mein Gott! Wer ist das?«

»Wie, du kennst ihn nicht?«

Franz musterte die Leiche genauer und zuckte mit den Schultern.

»Sollte ich? Sein Gesicht ist jedenfalls nicht mehr zu erkennen.«

»Der Amtmann Schneider.«

Vor Erstaunen riss Franz die Augen auf. »Schneider? Hier?«

Margarete nickte nochmals bestätigend.

»Warum bei dir? Habe ich dich so in Gefahr gebracht?« Franz war über seine eigene Fahrlässigkeit entsetzt. »Was ist geschehen?«

Margarete berichtete unter Tränen. Sie konnte ihre eigene Tat noch immer nicht fassen.

»Was nun, Franz? Ich weiß nicht, was ich tun soll? – Die Polizei rufen lassen?«

»Bist du von Sinnen?!« Franz schüttelt sie. »Komm zu dir, Margarete! Damit lieferst du dich den Tyrannen doch nur aus! Was glaubst du wohl, was die mit dir anstellen werden? Dagegen ist das, was dieses Miststück hier vorhatte, vielleicht noch harmlos.« Franz konnte sich nicht beherrschen und trat dem leblosen Körper wuchtig in den Bauch. »Lass uns nachdenken, überlegen.«

Aufgewühlt schritt Franz im Zimmer auf und ab. Immer wieder lenkten seine Regungen den Blick auf die Leiche.

»Margarete, sag, gleicht seine Haarfarbe der meinen?«

Margarete schaute ich ungläubig an, blickte auf den toten Amtmann, dann wieder auf Franz. »Ja. Sehr genau sogar. Aber was soll das?«

Franz antwortete nicht, sondern tat etwas sehr befremdliches. Er legte sich neben den Toten.

»Sag, Margarete, sind wir gleich groß?«

»Franz, du bist verrückt!« Margarete wusste nicht, was sie davon halten sollte.

»Antworte! Schau genau hin! Zieh seine Beine gerade! – Und?«

Die Frau tat, wie ihr geheißen. Widerwillig zog sie den Toten an seinen Füßen, bis seine Knie gestreckt waren.

»Ja. Ich glaube, da ist kein Zoll Unterschied.«

»Das wird, Margaretchen, das wird!« Franz sprang auf. »Lass uns hier sauber machen. Das Blut muss weg! – Und dann werden wir ihn entkleiden.«

Margarete fiel die Kinnlade herunter. Doch sie folgte ihm und tat abermals, wie ihr geheißen.

*

Drei Tage sind seitdem vergangen. Jetzt stehen Franz und Margarete im dichten Nebel des Morgengrauens am Grabe des Franz Walter Weinert, der vor zwei Tagen fürchterlich zugerichtet unter einer Brücke aufgefunden wurde.

Wegelagerer oder vielleicht auch seine eigenen Spießgesellen hätten ihn wohl erschlagen und ausgeraubt. Dass es tatsächlich der Weinert war, daran gab es keinen Zweifel. Man erkannte seine abgewetzte Kleidung. Schriftstücke in seiner Jacke lieferten reichlich weitere Beweise. Und er trug noch alle Insignien seiner Burschenschaft wie zum Beispiel den gold-rot-schwarzen Streifen. Kein rechtschaffener Mann würde sich in diesen Zeiten so für alle als Germanist erkennbar im Lande umher bewegen. Seine Verlobte, Margarete Schlindwein, wurde zur Identifizierung herbeigeholt. Doch auch ohne ihren Zusammenbruch bei der Konfrontation mit ihrem toten Geliebten hätte niemand Zweifel an der Identität des Toten gehabt.

Gestern nun erfolgte das schmucklose Begräbnis. Eine Handvoll Menschen um die trauernde und in Tränen aufgelöste Margarete – das war's.

Und heute heißt es, Abschied nehmen. Hand in Hand steht das Paar, sich einander anblickend.

»Wer weiß, Margarete, das mag das Beste sein, was uns passieren konnte.«

»Wie kann es das Beste sein, wenn Blut an meinen Händen klebt und du nun gehst?«

»Wir haben jetzt eine Zukunft, verstehst du das?«

»Nein. Ein Leben ohne dich ist keine Zukunft. – Und ich trage eine schwere Last.«

»Gräm dich nicht.« Franz schließt seine Verlobte fest in die Arme. »Niemand wird mehr nach mir suchen. Jetzt bin ich wirklich frei. Und du mit mir. Ich hole dich nach.«

»Mich nachholen – so habe ich mir die Zukunft nicht vorgestellt! Mein Leben wird von Grund auf verändert. Dann ist nichts mehr, wie es war. *Hier* wollte ich mit dir glücklich werden – nicht in Straßburg oder sonst wo.« All ihre Träume des in die Ferne Fliegens sind für Margarete wie weggeblasen. Wo ist ihr Mut abgeblieben? Irgendetwas in ihr schreit: *Flieg, Biene! Flieg!* Aber ihre Wehmut unterdrückt alles.

»Ich soll dich nicht nachholen?«

Margarete wiegt den Kopf in Verzweiflung hin und her. »Ja! Nein! Ja! – Ach, Franz, ich kann nicht ohne dich. Ich kann nicht. Aber so weit weg von daheim?«

»Lass es uns abwarten. Bitte! Es wird in Straßburg sicher nicht zu schwer für uns. Georg und Minna werden uns bestimmt helfen. Und wer weiß, was hier passieren wird? Ewig können sich die Großkotzen nicht halten. Dazu ist das, was vor drei Jahren in Neustadt und Hambach auf den Weg gebracht wurde, viel zu stark. Und mit neuem Namen werden wir wieder zurückkommen können, wenn sich niemand mehr an diesen Franz Weinert erinnert.«

»Aber irgendwann wird man nach dem Amtmann Schneider suchen. Es wundert mich eh, dass noch keine Fragen aufgetaucht sind.«

»Ich sehe das anders. Wenn, dann wären jetzt in den letzten zwei Tagen Fragen aufgetaucht. Doch je mehr Tage vergehen, desto weniger wird man eine Verbindung zum toten Franz Weinert herstellen. Es scheint, als wisse niemand, was der Amtmann an jenem Tage untersuchen wollte und tat. Ihm kann sonst etwas zugestoßen sein. Wer weiß schon, was dieser Schneider für Süppchen kochte?«

Margaretes Herz wird nicht leichter. Traurig hängt ihr Blick an den Augen ihres Liebsten.

»So geh. Ich werde warten. Meine Gedanken sind immer bei dir. – Was soll ich sonst schon tun?«

»Es wird nicht lange dauern, glaube mir. Dann wirst du einen Brief von Friedrich Schmid erhalten. Ob es bei dem Namen bleibt, werden wir dann sehen. Doch ab jetzt bin ich erst einmal dein Fritz.«

Margarete schließt wehmütig die Augen und nickt. Tränen rinnen über ihre Wangen. Er küsst sie noch einmal. Dann verschwindet ihr Verlobter im sich langsam lichtenden Dunst des Morgens. Margarete blickt ihm sehnsüchtig und schwer ums Herz nach.

Die ersten den Nebel durchdringenden Sonnenstrahlen werfen die Schatten der ufernahen Häuser und Bäume auf das Wasser der Rheinschleife. Mag die Strömung in den Jahren zuvor auch schwach geworden sein - sie ist noch immer da. Margaretes Blick folgt dem Wellengang.

Panta Rhei.

ENDE

Ergänzende Einordnung zu »Weinerts Ende«

Die Geschichte spielt im Jahre 1835.
Der erwähnte Georg ist der Dichter Georg Büchner.
Der Sturm auf die Frankfurter Hauptwache fand im Jahre 1833 statt und ging als der Frankfurter Wachensturm in die Geschichtsbücher ein.
Mit dem Landboten ist der Hessische Landbote gemeint, der von Büchner und anderen herausgegeben worden war.
Die damalige Schreibweise für das heutige Stockstadt war »Stockstatt«.
Eine hessische Meile umfasste ca. 9 km.
Die gold-rot-schwarzen Farben waren der Vorläufer der späteren schwarz-rot-goldenen Flagge.
»Panta Rhei« ist eine klassische altgriechische Redewendung und bedeutet »alles fließt«.

Auf Messers Schneide

Der Anruf ging um 20:37 Uhr in der Wache ein.

Schon um 20:41 Uhr klingeln Wachtmeister Heister und sein Kollege Braun im dritten Stock des Hauses Schubertstraße 7 bei Frau Kaminski.

»Herr Wachtmeister, hören Sie doch selbst! Ich bin schon ganz aufgeregt.« Zittrig zeigt sie auf die gegenüberliegende Tür.

»Du kommst hier nicht raus!« Der laute Schrei aus der anderen Wohnung war nicht zu überhören.

Heister geht rüber und hat den Finger schon auf dem Klingelknopf liegen, als plötzlich ...

»Ja, komm, mach! Ha ha! Dann geht die Bombe hoch!«, tönt die Männerstimme.

Heister schreckt zurück.

»Ob der uns gesehen hat?«

Braun zuckt mit den Schultern.

»Sagen Sie mal, Frau ... äh ... Kaminski, was ist das für einer?«

»Och, eigentlich ist Herr Schulte ein ganz netter Kerl. Dachte ich zumindest immer.«

»Wie alt?«

»Ich?«

»Nein – der Herr da drüben.«

»Ja, so ... ich sag mal um die 50.«

»Hm hm. Was denkst du, Braun. Klingeln oder doch besser die Jungs von der SET rufen? Das mit der Bombe ...«

»Hast recht. Ich funk mal.«

Zehn Minuten später hechtet Kommissar Lichter von der Sonder-Einsatz-Truppe die Treppenstufen hoch. Heister erstattet kurz und knapp Rapport. Lichter nickt. Er ist mit seinen 44 Jahren schon einer der erfahrensten Einsatzleiter Norddeutschlands, wenn es um Geiselnahmen geht.

»Richtig gemacht, Jungs.«

Vorsichtig, um keine lauten Geräusche zu machen, legt Lichter sein Ohr an Schultes Tür. Angestrengt lauscht er. Tritt wieder zurück.

»Was gehört?«

»Na ja, der sagte, der andere wäre ihm ja blind in die Falle getappt. – Okay, machen wir das mal etwas genauer. Schreiber soll mit dem Lauscher hochkommen!«

Seine Truppe sitzt noch unten im Einsatzwagen und wartet auf Anweisungen. Ein junger Mann mit einem Alu-Koffer und ein zweiter, älterer Kollege kommen herauf. Lichter zeigt auf die Tür. Der junge Mann, wohl besagter Herr Schreiber, holt aus dem geöffneten Koffer ein Haft-Mikro hervor und befestigt dieses an der Tür. Dann verkabelt er es mit dem Empfänger im Koffer, den sie liebevoll »Lauscher« getauft haben.

»Schreiber, keine unnötigen Geräusche. Kopfhörer!« Lichter signalisiert auch den anderen, leise zu sein.

Schreiber hockt sich mit den aufgesetzten Kopfhörern auf die Treppenstufen.

»Und? Was zu hören?«

»Moment – ja, Chef. Er sagt, die Frau säße ja schön auf dem Präsentierteller. Und – Moment – ich zitiere: ›Ich wusste, dass du mir in die Falle gehst, Karl.‹ Ähm ... ja, das war's erst mal. Jetzt ist Ruhe.«

Lichter beißt sich nachdenklich auf einen Daumennagel.

»Also mindestens zwei Leute in seiner Gewalt. Dieser Karl und eine Frau. Schlecht.«

Lichter wandert grübelnd zwei Schritte hin und zwei zurück. Er weiß, dass in solchen Situationen keinesfalls überstürzt gehandelt werden darf. Und man sollte möglichst viel über den Geiselnehmer wissen.

»Hat er schon irgendwelche Forderungen gestellt?«, wendet sich Lichter an Heister und Braun.

Die beiden schütteln den Kopf.

Lichter grübelt weiter. »Ach, Frau ... äh ...«

»Kaminski.«

»Ja, Frau Kaminski, gehen Sie doch bitte in Ihre Wohnung und schließen Sie die Tür. Und Sie kommen erst wieder heraus, wenn wir Sie rufen, in Ordnung?«

Ihm einen strafenden Blick zuwerfend macht die Frau missmutig auf dem Absatz kehrt und schließt die Türe. Die Beamten sind jetzt allein im Treppenhaus.

»Irgendwas neues, Schreiber?«

»Der Typ faselte gerade etwas von ›Rache für gestern Abend‹. Sonst nichts.«

In diesem Augenblick greift Schreiber sich mit schmerzverzerrtem Gesicht mit beiden Händen an die Ohren – oder besser gesagt an die Kopfhörermuscheln. Der Grund ist schlagartig allen klar:

»Die Truppe lass ich in die Falle laufen!«, brüllt die Stimme aus der Wohnung in exorbitanter Lautstärke. Schreiber regelt den Empfänger runter.

»Wir müssen mehr über den Kerl wissen. Breitstein, ...«, und damit wendet sich Lichter an den anderen Kollegen, der mit Schreiber gemeinsam gekommen ist, »... lassen Sie das mal in der Zentrale im ZDF checken.«

»Mach ich, Chef. Aber einen Punkt hätte ich da noch.«

»Schießen Sie los.«

»Sind wir uns sicher, dass der Geiselnehmer überhaupt Heinz Schulte ist?«

Lichter zieht die Augenbrauen hoch. Ein berechtigter Einwand! Er wendet sich nochmal an Heister und Braun:

»Wissen wir das?«

Die beiden schütteln den Kopf. »Er hat sich nicht vorgestellt.«

»Holen sie mir noch mal die Frau.«

Heister klingelt. Er hat den Finger noch nicht vom Klingelknopf genommen, da wird die Tür schon aufgerissen. »Und? Schon vorbei?«, fragt Frau Kaminski mit aufgerissenen Augen.

»Na, mal ganz ruhig, gute Frau. Wir haben da nur noch eine Frage. Sind Sie sich sicher, dass da dieser Herr Schulte rumbrüllt? Ist das seine Stimme?«

»Ja ... ist das wichtig? Also ... ich meine ja, dass er das ist. Aber wenn Sie mich so fragen und ich das beschwören müsste ... ich weiß nicht ...«

Lichter verzieht die Mundwinkel.

»Schon gut, gute Frau. Schließen Sie einfach wieder die Türe. – Und danke. – Breitstein, wir müssen wohl mal erst davon ausgehen. Aber es könnte auch jemand anderes sein. Aber wo wäre dann Schulte? Er heißt ja nicht Karl mit Vornamen.«

»Und wenn der – sagen wir mal – fremde Täter drei Geiseln hat?«

Die beiden Männer blicken sich einen Moment schweigend an.

»Ach, machen Sie mal, Breitstein. Checken wir erst einmal den Schulte.«

Breitstein nickt und eilt hinunter.

»Herr Kommissar?«

»Ja, Braun?«

»Ich hab da seit eben auch eine Frage.«

»Schießen Sie los!«

»Was hat das ZDF damit zu tun?«

Lichter ist konsterniert. *Bin ich denn nur von Idioten umgeben?* Doch er behält seine Gedanken für sich.

»Braun, Wie lange sind Sie schon bei uns? Haben Sie noch nichts vom Zentralen Data File gehört? Unserer zentralen Personendatei? Na, dann wissen Sie's jetzt.«

Lichter schließt die Augen. Mal für einen Moment in Ruhe nachdenken. Breitsteins Einwand war ja mehr als berechtigt. Und die Situation scheint sich zuzuspitzen. Eventuell wäre ein Polizei-Psychologe jetzt doch von sehr großem Nutzen. Er hat ja schon mehr als einmal die Erfahrung gemacht, dass so ein Süßflöter tatsächlich wie ein Engel auf wild entschlossene Geiselnehmer einwirken kann. Und wenn es hilft, das Leben der Geiseln zu retten. Oder zumindest das der Frau. Vielleicht im Austausch ...? Hat er etwas außer Acht gelassen?

»Lassen sie uns nochmal alles durchgehen. Ein männlicher Geiselnehmer. Er hat zwei oder drei Geiseln, eine davon eine Frau, eine heißt Karl. Die Tür hat er mit einer Bombe gesichert, wahrscheinlich mit der Klingel gekoppelt. Es handelt sich um einen Racheakt für etwas, was gestern Abend passierte ...« Lichter stockt. Dem hatte er noch keine Bedeutung beigemessen.

»Heister!« Den Braun wollte er damit lieber nicht beauftragen. »Flitzen sie runter und sagen Sie Breitstein, dass er auch checken lassen soll, ob es gestern irgendwo in unserem Bereich ein besonderes Vorkommnis wie eine Schlägerei, Schießerei, Überfall oder Unfall mit besonderen Begleiterscheinungen gab. Und wenn ja: wer waren die Beteiligten?«

»Mach ich.« Heister eilt.

»Chef!« Schreiber winkt ihn herbei. »Ich glaube, ich hab' da noch was. Das könnte vielleicht eine simple Erpressung sein. Der Geiselnehmer sagte gerade: ›Da nützen dir all deine Besitztümer nichts. Du und deine Pferde – dass ich nicht lache.‹ Zumindest ist eine der Geiseln wohl sehr wohlhabend.«

»Zeigen Sie mal, Schreiber!« Lichter benutzt die Formulierung, obwohl ihm klar sein muss, dass Schreiber ihm nichts zeigen kann. Tatsächlich meint er den Kopfhörer, den er selbst aufsetzen will. Aber Schreiber versteht seinen Chef sofort und reicht den Hörer.

»*Du meinst, wenn du deine Pferdchen nur lang genug laufen lässt, wärst du fein raus? Ha! Irrtum, mein Liebster! Aber die gehören bald alle mir!*«

»Mensch, Schreiber, ganz anders!« Lichter gehen bei dem Gehörten sofort mehrere Lichter auf. »Die haben ›Pferdchen‹ laufen!«

»Sie meinen, Chef, ...«

»Genau! Bordsteinschwalben! Das sind Zuhälter. Hier handelt es sich offenbar um einen Zuhälterkrieg.«

Schreiber sitzt mit offenem Mund und nickt.

»Auch das müssen wir checken lassen.« Lichter dreht sich um, sieht aber nur Braun hinter sich. Also wendet er sich wieder an Schreiber. »Also, Schreiber, ich mach das hier. Sie gehen runter und sagen Breitstein, dass er das Rotlichtmilieu ganz besonders in seine Recherchen einbinden soll. Alles klar?«

»Klar, Chef!« Schreiber springt auf und verschwindet.

Da sitzt Lichter nun mit dem Kopfhörer, lauscht aber gar nicht recht. Er denkt nach. Er muss mehr darüber wissen, was da drinnen vorgeht. Das mit dem Psychologen hat er ja schon angedacht. Aber – wenn man keinen rechten Kontakt zum Geiselnehmer hat? Was soll der dann machen? *Man müsste hineinschauen können. Ja, das ist's!* Er atmet einmal tief durch. *Aber DAS wird er ja wohl können.*

»Braun! Kommen Sie mal her. Unten im Einsatzwagen sitzen die Jungs von der Kampftruppe. Der Teamleiter der Truppe soll bitte mal zu mir heraufkommen – aber leise. Können Sie das ausrichten?«

»Klar, Herr Kommissar.« Braun lacht freudig und eilt hinunter.

Zwei Minuten später hört Lichter Schritte im Treppenhaus. Da kommen alle wieder hoch. Heister, Braun, Schreiber, Breitstein und – neu dazu gekommen – Wellnitz, Teamleiter der Kampftruppe.

»Chef, ...« – »Alles ausgeführt ...« – »Bin Zurück ...« – »Noch ...« Wild durcheinander kommen die Rückmeldungen.

Lichter hebt die Hände. »Gaaaanz ruhig, Leute. – Schreiber, Sie nehmen erst einmal wieder Ihren Platz ein – Breitstein, schießen Sie los!«

»Also, Chef, zu Heinz Schulte liegt uns nichts vor, nicht einmal irgendein Knöllchen in den letzten zwei Jahren. Zu gestern Abend gibt es auch nichts zu vermelden. Ob irgendeine Verbindung ins Rotlichtmilieu vorliegt, ist noch nicht klar, aber in Arbeit.«

»Danke, Breitstein. – Wellnitz, jetzt brauche ich Sie. Checken Sie von außen oder auch hier im Haus, ob wir in irgendeiner Form Einblick in die Wohnung hier erlangen können. Okay?«

»Verstanden, Chef.« Wellnitz greift kurz mit der rechten Hand zum Gruß an seine Mütze und will verschwinden.

»Und, Wellnitz, ich möchte mit Ihnen im direkten Funkkontakt stehen«, hält Lichter ihn auf.

»Kein Problem, Chef.« Jetzt darf er davoneilen.

»Breitstein, Sie gehen wieder nach unten und warten Ergebnisse aus der Zentrale ab. Wenn sich irgendetwas ergibt, sind Sie gleich wieder hier!«

Breitstein nickt und ist weg.

Ein Mitglied der Kamptruppe kommt und reicht Lichter ein Funkgerät.

»Danke.« Jetzt steht die Verbindung zu Wellnitz und seiner Einheit.

»Chef!« Schreiber ruft. »Jetzt redet er von ›Fesselung‹.«

»Jetzt erst?«, entfährt es Lichter. Er war sich die ganze Zeit sicher, dass der Täter die Geiseln irgendwie gefesselt hätte. Aber er muss sich zugestehen, dass er dafür bisher keinerlei Hinweis hatte. Dumm! Wenn die Geiseln bisher nicht gefesselt waren, hätten sie vielleicht bessere Chancen für einen Überraschungsangriff gehabt. Mist! Aber jetzt ist es zu spät.

»Ist schon gut, Schreiber.« Lichter würde liebend gern seine Wortentgleitung ungeschehen machen.

»Noch etwas, Chef. Sagt Ihnen das ›Weiße Rössel‹ etwas? Das habe ich zumindest gerade aufgefangen.»

Lichter wird hellhörig. Irgendwie hat er das Gefühl, ganz nah dran zu sein.

»Wenn wir am Wolfgangsee wären, wäre das jetzt ein Kinderspiel. Aber – und das meine ich ernst – checken Sie, ob wir hier irgendwo in der Gegend ein Etablissement mit dem Namen ›Weißes Rössel‹ haben. Bei Rotlicht und Weißes Rössel macht es bei mir irgendwie ›Klick‹.«

»Wer? Ich?« Schreibers Frage schreckt Lichter auf.

»Natürlich nicht Sie, Schreiber. - Heister! Laufen Sie runter und geben Sie den Auftrag an Breitstein weiter!«

»Okay.«

Lichter verspürt wieder dieses Prickeln in den Fingerspitzen, das er immer hat, wenn das Gefühl ihm sagt, ganz nah dran zu sein.

Das Fiepsen des Funkgeräts zieht all seine Aufmerksamkeit auf sich.

»Hier Lichter.«

»Hier Wellnitz. Von einer Wohnung auf der gegenüberliegenden Straßenseite haben wir einen hervorragenden Blick auf das observierte Objekt.«

»Und?«

»Na ja, lässt sich schwer sagen.«

»Das heißt?«

»Wir sehen drei Fenster. Zwei davon sind absolut dunkel. Im dritten sehen wir Licht. In diesem Raum erkennen wir auch eine Person. Diese sitzt absolut regungslos. Das war's. mehr können wir nicht sehen.«

»Danke, Wellnitz.«

Lichter versucht, das alles einzuordnen. Absolut regungslos. Also eine der Geiseln ist in dem einsehbaren Raum. Aber wo ist die andere oder sind die anderen? In einem der anderen, dunklen Räume? Oder vielleicht am Boden liegend? Etwas Entscheidendes fehlt.

»Breitstein!«

»Ist gerade nach unten, Herr Kommissar.«

»Also gut. Heister!«

»Herr Kommissar?«

»Übermitteln Sie Breitstein, dass wir dringendst – ich wiederhole – dringendst einen Plan von der Wohnung brauchen. Wie ist mir egal! Verstanden?«

»Jawohl, Herr Kommissar.« Heister stürzt davon.

»Hallo Wellnitz! Können Sie irgendwie Fesseln erkennen?«

»Negativ. Die Gardine lässt keine Details durch.«

»Roger.«

»Herr Kommissar!«

Lichter fährt zu Schreiber herum. »Was gibt's?«

»Er gibt dem Karl noch maximal zehn Minuten. Dann wird er die Frau umlegen!«

»Was??«

Schreiber nickt. Lichter greift wieder das Funkgerät.

»Wellnitz! Hören Sie! Ich brauche unverzüglich Sie und Ihre Truppe hier oben! Haben Sie verstanden? Es eilt!«

»Verstanden. Wir kommen.«

Zwei Minute später stehen die vier Kollegen in ihren Schutz- und Tarnanzügen vor ihm.

»Männer! Wir werden die Wohnung stürmen müssen. Wellnitz, lassen Sie uns das Vorgehen durchsprechen.«

»Wir haben standardmäßig unsere Ramme gleich mitgebracht, Herr Kommissar.«

»Perfekt, Wellnitz.«

»Ich schlage vor, wir rammen die Tür ein. Dann sichern wir die einzelnen Türdurchgänge. Hauptaugenmerk: Unschädlichmachen des Täters!«

»Perfekt, Wellnitz! – Haben wir den Wohnungsplan?«

»Nein, Herr Kommissar.« Heister ist noch ganz außer Atem.

»Herr Kommissar, wenn ich was sagen darf?« Braun tritt einen Schritt hervor.

Lichter schluckt. »Ja, nur zu, Braun.«

»Das Haus scheint symmetrisch aufgebaut zu sein. Also müsste die Wohnung von dieser Frau hier doch spiegelbildlich gleich zum observierten Objekt sein.«

Lichter ist perplex. Er sortiert noch die Worte, um das, was Braun gerade sagte, zu verstehen. Hätte er dem Trottel gar nicht zugetraut.

»Sie sind mein Mann, Braun. Klingeln!«

Heister hat den Klingelknopf noch gar nicht berührt, da reißt Frau Kaminski schon die Türe auf.

»Kommen Sie herein, meine Herren!«

Wellnitz observiert gewissenhaft. Er und seine drei Jungs sehen sich die Türdurchgänge und Raumaufteilungen genau an. Dann signalisiert er Lichter mit erhobenem Daumen, dass er die Sache im Griff hat.

»Danke, Frau Kaminski, und bitte ...«
Die Frau winkt ab und hat die Türe schon geschlossen.
Im Treppenhaus sammeln sich alle nochmals.
»Also, Wellnitz, Sie stürmen. Ihre drei Männer sichern dann umgehend das Objekt. Sie und ich konzentrieren uns auf die Unschädlichmachung des Geiselnehmers. Wir müssen blitzschnell sein, damit der Täter keine Chance hat, die Bombe zu zünden. Und für den Fall der Bombenkopplung mit der Klingel: Hände weg von der Klingel, Leute! Heister und Braun kommen dann nach zur Befreiung der Geiseln, sobald sie von uns das Okay erhalten. Okay?«
»Okay.« Alle Beteiligten recken ihren rechten Daumen in die Höhe.
»Schreiber! Noch irgendetwas Neues?«
»Ja! Er sagt, er will sie jetzt aufspießen!«
»Also los, Männer! Jetzt oder nie!!«
Ein ohrenbetäubender Lärm erschüttert das Treppenhaus. Mit voller Wucht reißt die Eliteeinheit die Wohnungstür ein. Jeder von Wellnitz' Männern sichert jeweils eine Zimmertüröffnung. Lichter und Wellnitz stürmen in den einzigen erleuchteten Raum. Die dort sitzende, ungefesselte Person schaut entsetzt auf die Eindringlinge. Ohne dass die Person noch irgendetwas greifen kann, wird sie von Lichter und Wellnitz überwältigt. Mit dem Bauch nach unten liegt der Mann am Boden. Wellnitz kniet auf ihm. Lichter hält den Mann im Nacken und drückt seinen seitlich gerichteten Kopf nach unten, seine Automatik-Waffe auf seine Schläfe gerichtet.
»Das Spiel ist aus!« Lichter atmet einmal erleichtert durch. »Wo ist die Frau?«
»Frau??«
»Die Sie gerade aufspießen wollten.«
»Spießen? – Ich ... äh ... Ich wollte die Dame spießen.«
»Genau. Sie geben es also zu?«
»Äh ...« Der Mann am Boden röchelt unter dem Druck.
»Sie wissen, was ein Spieß ist?«

»Klar! Gut, dass wir noch rechtzeitig kamen. Wo sind die Gefesselten?«

»Fesseln?« Der Mann japst nach Luft. »Sie wissen, was eine Fesselung ist?«

»Klar! Also – wo ist die Frau?«

Das Telefon klingelt. Lichter blickt überrascht auf. Wellnitz signalisiert ihm, dass er die Lage unter Kontrolle hat. Lichter steht auf und hebt ab.

»Hallo?«

»Heinz, du?«

»Hier ist nicht Heinz. Wer spricht bitte?«

»Karl Berger hier. Wo ist Heinz? Ist was passiert?«

»Ganz ruhig, guter Mann. Nichts ist passiert. Wer sind Sie, und was wollen Sie?«

»Wo ist Heinz? Und wer sind Sie?«

»Ich bin von der Polizei. Und jetzt sagen Sie mir bitte ganz ruhig, was Sie wollen.«

»Oh Gott, die Polizei! Hab' ich mir doch gedacht, dass etwas passiert ist. Ne, ne, ne, da habe ich noch bis vor fünf Minuten mit ihm Schach gespielt – und jetzt ...«

»Wie, sie haben Schach ...«

»Ja was ist denn nun mit Heinz?«

Lichter lässt den Hörer aus seiner Hand gleiten. Er geht hinüber zum Bildschirm, dort, wo der Täter saß und überwältigt wurde. Er sieht das Bild eines Schachbrettes. Und er spielt gut genug Schach um zu erkennen, dass der Spieler, der hier spielt, die gegnerische Dame massiv gefährdet. Sie hat eigentlich keine Chance mehr. Denn sie steht hinter dem gegnerischen König, der gerade durch ein ›Schach‹ bedroht ist und wegziehen muss. Und damit geht der Angriff nicht mehr gegen den König, sondern er wird unweigerlich die Dame schlagen. Ein sogenannter ›Spieß‹.

Heinz Schulte hat mit Karl Berger per Internet Schach gespielt. Und das sehr lautstark. Der Gegner konnte ihn ja nicht hören.

Lichter wird kreidebleich. Langsam schleicht er hinaus. Im Treppenhaus sitzt noch immer Schreiber.

»Na, Schreiber, spielen Sie eigentlich Schach.«

»Ne, Herr Kommissar, das ist mir viel zu kompliziert. Da hab' ich immer Abstand gehalten.«

»Ach, sagen Sie mal, sprach der Täter eigentlich immer von der ›Frau‹, also F-R-A-U?«

»Ne, Herr Kommissar, das ist wohl ein feiner Pinkel. In den Kreisen spricht man immer nur von ›Dame‹. Piekfein.«

»Aaaaah ja.«

Ansonsten schweigend und kopfschüttelnd schleicht Lichter mit leerem Blick Stufe für Stufe nach unten.

ENDE

Anmerkung zu »Auf Messers Schneide«

Das Geschehen geht auf eine Zeitungsmeldung Mitte 2012 zurück, die über einen ähnlichen, aber nicht ganz so heftig verlaufenden Vorfall berichtete.

Rosky

Der Schwarzhaarige schnaubte wie ein wild gewordener Stier. Der Kabelbinder hielt die Handgelenke auf dem Rücken fest aneinander gefesselt und bändigte die Kraft seiner Arme, dass die Fingerknöchel seiner geballt krampfenden Fäuste kreideweiß anliefen. Zwei Männer eskortierten ihn auf dem Weg durch den Korridor und verhinderten, dass der Festgenommene in seiner Cholerik Türen oder Mobiliar in der Freiburger Polizeistation zertrümmerte. Der Gefangene presste die Zähne aufeinander, sein Blick bohrte sich starr geradeaus, als stände vor ihm ein Gegner, den er angreifen und abschlachten müsste. Hätte er nur seine Hände frei!

Der vierunddreißigjährige Gerhard Buttler sah von seinen Akten auf und beobachtete das Trio durch die geöffnete Bürotür.

»Was ist los, Max?«

Einer der beiden Bewacher blieb vor der Tür stehen und schaute den Kommissar mit einem Zwinkern an. »Ein Vögelchen hat gezwitschert«, grinste er. »Rosky ist zurück. – Und wir waren rechtzeitig zur Stelle.«

»Rosky? Der sitzt doch …«

»Saß, Gerd, saß. Ist seit zwei Wochen wieder draußen.«

»Ich versteh' nicht. Ausgebrochen? Oder was …?«

»Nein, regulär vorzeitig entlassen. Nach nur acht Jahren. - Aber er hat schon wieder etwas vor.«

Durch die Türöffnung musterte Buttler den Verbrecher, der noch immer den schwarzen Oberlippenbart mit den weit seitlich auslaufenden Spitzen trug, jedoch eine Kurzhaar-Frisur statt der damaligen schulterlangen Mähne. Das eng anliegende T-Shirt betonte die muskulösen Formen des Oberkörpers. Roskys Blick fixierte den Kommissar. Wenn Blicke töten könnten …

»Was plant er?«

Der Kollege antwortete zunächst nicht, sondern gab dem zweiten Bewacher Zeichen, den Mann wegzusperren. Dann schloss er die Tür.

»Unser Knast-Maulwurf hat gut gearbeitet. Rosky hat seit geraumer Zeit eine Aktion für die Wochen direkt nach seiner Entlassung geplant. Wir wissen aber nicht, was. Aber dass etwas im Busch ist, scheint gesichert.«

»Und deswegen habt Ihr ihn verhaftet? Das ist doch wohl zu vage.«

»Nein. Deswegen nicht. Allerdings verdichteten sich die Hinweise, dass heute oder morgen etwas passieren soll. Nach einer kleinen arrangierten Rangelei mit Angriff auf einen Polizei-Beamten konnten wir zuzugreifen. Jetzt ist es an uns, den Plan herauszufinden.«

»Welche Anhaltspunkte?«

»Andeutungen aus der Szene und vom Maulwurf.«

»Genaueres?«

»Nein.«

»Hm, das bringt nichts. Der wird sicher nichts erzählen.« Buttler zog die Augenbrauen hoch und unterstrich damit seinen skeptischen Blick. Im Zeitraffer liefen die Geschehnisse von damals in seinem Kopf-Kino ab.

»Na ja, Gerd, ich dachte, wenn du vielleicht …«

Buttler verstand. Keiner kannte Rosky so gut wie er. Wenn jemand überhaupt eine Chance hatte, dann er. Er war es gewesen, der Rosky damals überführt hatte. Er hatte ihn nach dem brutalen Frauenmord, der den Täternamen so sehr in jedermanns Gedächtnis eingeprägt hatte, hinter jene Gitter gebracht, die der Delinquent jetzt wieder hinter sich lassen durfte. Stolz war er, dass man ihm nachsagte, Roskys Gedanken lesen zu können. Buttler galt als Meister des intimen Verhörs.

Nach kurzem Zögern willigte er ein. In zehn Minuten im Interview-Raum …

Die grauen Wände versprühten den Charme einer Leichenhalle. Roskys Blick giftete den Kommissar an, als sie einander gegenüber an dem Tisch Platz genommen hatten.

Die Hände waren nun vor dem Körper mit Handschellen aneinander gekettet. Der Verdächtige hatte die Unterarme auf dem Tisch aufliegen; es schien die bequemste Sitzposition für ihn zu sein. Jedenfalls hatte der Mann sein vor einigen Minuten noch aufbrausendes Temperament im Griff. Für einen Augenblick schweifte der Blick des Festgenommenen an Buttler vorbei zu der großen Spiegelfläche an der Wand dahinter.

»Schick! Gab's damals noch nicht. Sind bestimmt die Kollegen dahinter und schauen zu, oder? Vielleicht sogar eine Kamera? - Dürfen Sie das überhaupt?«

»Wir machen garantiert alles richtig. Soll dich nicht weiter interessieren.«

»Oh! Wir duzen uns?«

»Schon gut, schon gut. – Also: geht Sie nichts weiter an. Besser?«

Der Festgenommene nickte. Seinen Mund hielt er geschlossen. Die Zunge drückte deutlich sichtbar die Oberlippe nach außen, wanderte hinter der Haut vor den Zähnen von links nach rechts und wieder zurück. Er machte zwar das genaue Gegenteil – und doch wirkte die Aktion wie das Blecken der Zähne.

Buttler wählte den direkten Weg. »Was haben Sie vor? Wir wissen, dass etwas in Arbeit ist.«

»Ach, Herr Kommissar, nichts. Da ist nichts. – Und Sie wissen nichts.«

Vier, fünf Sekunden lang fixierte der Blick des Polizisten den Gegenüber. Es fiel ihm auf, dass das Kinn noch wie frisch rasiert schien, obwohl es bereits später Nachmittag war. Wer wusste schon, wie lange der Sechsundzwanzigjährige heute in den Tag hinein geschlafen hatte.

»Haben Sie einen Job?«

»Ha, wie denn, Mann? Meinen Sie, einem Knacki wirft man die Stellen nur so zu? Sind Sie so naiv oder tun Sie nur so?«

Buttler winkte nur ab. Aus seiner Jackentasche fingerte er eine Zigarettenschachtel hervor. Er erinnerte sich, dass

Rosky nicht rauchte. Dennoch wollte er ihm einen Glimmstängel anbieten. Das kam in Verhören bei den Verdächtigen immer gut an, und wenn sie rauchten, löste das die eine oder andere Zunge. Rosky würde sicher ablehnen, aber dann würde der Kommissar trotzdem selbst zugreifen und eine anstecken. Er brauchte das.

»Oh, danke.« Rosky griff zu. Er grinste, spürte offensichtlich die Überraschung in Buttlers Blick. »Ja, Herr Kommissar, andere gewöhnen sich im Knast das Laster ab. Auf mich hat sich die Anstalt nun einmal negativ ausgewirkt.«

Tief sog er die Luft ein, als er sich die Zigarette anzündete. Beim Ausatmen des Dunstes schloss er genussvoll die Augen. Der Kommissar wusste nicht, ob der Qualm rein zufällig genau in seine Richtung strömte. Wie in Zeitlupe öffnete Rosky die Lider. Buttler blickte in die Siegesgewissheit eines Raubtieres, das in der Deckung hockte und die auserkorene Beute fixierte. Jederzeit bereit zum Sprung. Der Polizist konnte nicht umhin, mit seinem Blick den Sitz der Handschellen zu überprüfen, obwohl die parallelen Bewegungen der aneinander geketteten Hände keinen Zweifel aufkommen lassen sollten. Stille - nur unterbrochen von dem säuselnden Herausblasen des Qualmes, wenn der eine oder der andere einen tiefen Zug dem Ende zubrachte. Blaue Schwaden tanzten zwischen ihnen, angestrahlt von der einzigen, dicht über ihnen hängenden Leuchte, die ihr kaltes Licht wegen des ringförmigen Schirms nur nach unten abgab.

»Und jetzt?«, überraschte der Festgenommene den Kommissar, der sich gerade wie gewöhnlich darauf vorbereitete, den Gesprächsdruck aufzubauen. Die Frage eines verdächtigen Gegenübers, der die Initiative ergriff, überrumpelte ihn.

»Das sollten Sie mir sagen«, fing er sich wieder. »Was passiert? Und wann? Heute? Morgen?«

»Ach, Herr Kommissar, jeden Tag geschehen irgendwelche Dinge in der großen weiten Welt, ob im fernen

Asien oder hier am Titisee. – Es wird also vieles passieren. Heute. Und morgen.«

Buttler fühlte sich durch den stechenden Blick des Gegenübers wie angenagelt.

»Sie machen mir nichts vor. Sie haben etwas – wie sagte ich eben schon? – in Arbeit.«

»Was soll ich denn schon tun? Sie halten mich – übrigens gegen meinen Willen – hier fest. Und ich fürchte, morgen auch noch. – Allerdings ist dann Ihr Spielraum auch schon erschöpft.«

»Also danach?«

Rosky grinste dem Polizisten frech ins Gesicht. »Habe ich so etwas nötig?«

»Kommt darauf an. Was ist es?«

»Ach, Herr Kommissar, ich muss auf nichts und niemanden mehr warten. Das habe ich mir damals geschworen. Nicht auf Übermorgen und nicht auf Sie.«

»Auf mich?«

Rosky grinste wieder. »Ach, Herr Kommissar, jeder ist ersetzlich.«

»Meinen Sie mich?«

»Ich sagte doch – jeder. Ich zum Beispiel, ich bin ersetzlich. Genau so, wie auch ich selbst schon jemanden ersetzte. Es gibt immer jemand anderen.«

Buttler grübelte einen Moment lang. »Rache? Geht es um Rache?«

»Rache? Wie sollte die denn aussehen? – Aber interessant. Helfen Sie mir auf die Sprünge. Wie könnte ich mich denn rächen?«

Rosky lehnte sich nach hinten. Der Blick des Kommissars wanderte wieder zu den Handschellen, dann zurück zu den eiskalten Augen des Verhörten.

»Wer ist das Ziel, Rosky? Wen wollen Sie angreifen? – Verletzen? Gar töten?«

»Lieber Herr Kommissar«, war Roskys leichte Ironie nicht zu überhören, »ich sitze hier. Wie sollte ich unter Ihren Augen jemanden attackieren? Und versprochen, ich

habe nicht im Geringsten vor, Sie auch nur zu berühren.«
Roskys Augen strahlten auf einmal eine unendliche Ruhe und Gelassenheit aus.

»Es hat also etwas mit mir zu tun.«

Rosky zuckte mit den Schultern. Seine zurückgelehnte Sitzposition hielt er genüsslich bei. Keine Anstalten, auch nur ein weiteres Wort zu reden.

Buttler hakte noch mehrfach nach. Doch Rosky schwieg. Lächelte. Bis der Kommissar leicht frustriert abbrach und den Verdächtigen durch Max Brandner abführen ließ.

*

Den gesamten Abend hindurch fand Gerhard Buttler keine Ruhe. *Was hat der Typ vor?* Seine Frau störte ihn nicht. Sie kannte ihren Mann wahrlich gut. Wenn Gerhard in Fall-Analysen versank, dann ließ sie ihn in Ruhe. Doch er kam nicht wirklich weiter. Aufgewühlt legte er sich schlafen.

*

Als er erwachte, geisterten die Gedanken der letzten halben Stunde Halbschlaf noch in seinem Hirn umher. Eine Bemerkung Roskys ging ihm nicht aus dem Sinn. Er spulte eilig das Frühstück ab, tätschelte seinem Sohn zum Abschied den Kopf, gab seiner Frau einen flüchtigen Kuss und eilte ins Büro.

Fünf Minuten nach seinem Eintreffen saßen er und der Festgenommene wieder einander gegenüber im Interview-Raum.

»Was passiert am Titisee, Rosky?«

»Wie kommen Sie auf diesen Ort? Was soll das?«

»Sie erwähnten ihn gestern. Ich bin mir sicher, nicht zufällig.«

»Ach herrje! Hätte ich das Matterhorn erwähnt, würden wir uns jetzt über den Berg unterhalten?«

Buttler hob seine Hand und richtete den Zeigefinger auf ihn, als könnte er ihn damit aufspießen.

»Machen Sie den Mund auf, Rosky!«

»Da passiert nichts. – Aber Sie gehen mir ganz schön auf den Keks, Herr Kommissar!«

»Mein Job, Rosky. Mein Job. Und den ziehe ich durch. Versprochen.«

»Klar. Wie Sie Sachen durchpeitschen, habe ich ja damals und seitdem spüren müssen.« Die Augen gifteten den Kommissar wieder an.

»Sie sollten nicht nachtragend sein. Da ziehen Sie den Kürzeren.« Buttler ließ sich zu einem kurzen, hämischen Grinsen hinreißen.

»Olala! Der Herr Kommissar spricht. Hört, hört!« Die Worte mischten sich mit dem verächtlichen Lachen. Dabei schüttelte Rosky den Kopf. »Machen Sie das mit Ihrer Frau eigentlich genau so? Arme Lisa.«

»Woher kennen Sie meine Frau?« Buttlers Gesicht erstarrte.

Rosky streckte die zusammengeketteten Handflächen in die Höhe. »Oh, Entschuldigung. Aber ich kenne sie nicht. Nur ihren Namen. Ist doch kein Geheimnis, oder?«

»Nein, kein Geheimnis. Aber wenn Sie sie hineinziehen, dann ist das sehr wohl eine offensichtliche Bedrohung.«

»Ich lach mich schlapp. Eine Bedrohung!« Roskys Lachen kam von Herzen, schien nicht gespielt. »Wenn ich die erzeugen wollte, würde ich doch nicht Ihre Frau wählen.«

Buttler verstand die Betonung des Wortes »Frau« sofort. Er wurde blass. Seine Nackenhaare stellten sich auf.

»Wen dann?«

Rosky schwieg.

»Wen dann, verdammt nochmal?« Der Kommissar blickte dem Schwarzhaarigen starr in die Augen. Er ahnte die Antwort, fragte nicht weiter. Er sprang auf. In wenigen Sekunden hatte er sein Handy gegriffen und gewählt.

»Ja, ich bin's, Schatz. Wo ist Florian? ... In der Schule? ... Wie, nicht in der Schule?« Der Tonfall wurde lauter. »Klassenfahrt? Wohin? ...« Buttler stockte. Für zwei, drei Sekunden schloss er die Augen. »Du bist dir sicher? Um den Titisee? ... Ach, irgendwo dahinter. Hast du die Nummer der Lehrerin?«

Er griff einen Stift und schrieb.

»Ja, danke. ... Nein. Nur so. Ich ... ich find's von mir selbst doof, dass ich heute Morgen so abwesend war. Tut mir leid. ... Ja. Ich dich auch. Bis später.«

Buttler atmete tief durch. Er blickte zu Rosky und sah nur dessen Lächeln mit dem einseitig gezogenen Mund. Er wählte, lauschte, blickte aufs Display. Keine Verbindung. Sein Blick wanderte zurück zu dem Mann am Tisch. Ohne sich wieder zu setzen brüllte er Rosky an:

»Mach deinen verdammten Mund auf, du Schwein! Was hast du mit meinem Jungen vor?«

»Doch duzen?«, grinste der andere ihn an.

»Mach die Schnauze auf!«

Er stürzte sich auf Rosky, packte ihn an seinem Sweatshirt, riss ihn eine Handbreit hoch.

»Wollen Sie mich jetzt umbringen, Herr Kommissar?« Roskys Grinsen traf Buttler wie ein Speer.

»Du Schwein! Du elendiges Schwein! - Ein unschuldiges Kind!«

»Kann ich was dafür?« Trotz seiner Zwangslage schaute der Gefangene in Genugtuung.

»Mein Kind! Was willst du mit Florian machen?« Buttler zitterte am ganzen Körper.

»Vielleicht ist er ein Stellvertreter? Sie haben mich damals ganz schön gelinkt.« Roskys Worte kamen ganz ruhig.

»Stellvertreter? Ein Kind? Was kann ein Kind dafür?«

»Die Frau, mein vermeintliches Opfer, könnte noch leben.«

»Die Frau? Da kann doch Flori nichts dafür!« Tränen schossen in Buttlers Augen.

»Ich finde, dafür muss jemand büßen.«

»Nein! – Nie! – Er kann doch nichts dafür!«

Rosky grinste. »Und die Frau? Konnte sie etwas dafür? Sie ließ ihr Leben.«

»Aber sie war selbst schuld! Sie wollte die Klappe nicht halten! Mich einfach auffliegen lassen! – Jetzt doch nicht *mein* Kind!«

Schweigen. Für einige Sekunden war es mucksmäuschenstill. Nur das Brummen einer soeben angesprungenen Lüftungsanlage in irgendeiner Ecke war zu hören.

Rosky grinste noch immer. Die Tür öffnete sich.

»Danke, Herr Rosky.« Der grauhaarige, in einem feinen, dunklen Anzug gekleidete Mann im Türrahmen nickte dem Gefangenen zu und winkte Max Brandner herein. »Nehmen Sie Buttler fest!«

Wieder klickten Handschellen. Noch komplett von Sinnen ließ der Kommissar sich abführen.

»Nochmals danke. Die Idee mit dem Funkloch war perfekt. – Obwohl ... Ihre Freundin hätte sicher auch mit Verbindung mitgespielt, stimmt's?«

»Ich weiß nicht. Sie zog es sicher so vor. Sie liebt die Kinder in ihrer Klasse. – Aber ... Herr Staatsanwalt, was ist denn nun mit meiner langen Haft und den geraubten Jahren?« Tränen sammelten sich in Roskys Augen und glitzerten in dem kalten Lampenlicht. In seinem Flehen hielt er den Atem an, blickte starr.

»Sorry, Rosky. Justizirrtümer geschehen nun einmal. Das wird sich sicher irgendwie regeln.«

Mit einem dumpfen Schlag fiel die Tür ins Schloss ...

ENDE

Stuarts Geheimnis

Die Hochzeitsgesellschaft posiert vor den steinernen Torbögen. Der Fotograf springt um das aufgebaute Stativ, nimmt Maß, gibt Anweisungen. Seine Hände wirbeln durch die Luft, als dirigiere er höchstpersönlich das Royal Scottish National Orchestra. Folgsam tippelt der Bräutigam noch einige Handbreit dichter an seine Frischangetraute heran, was bei seinen knorrigen, nackten Beinen und den klobigen Schuhen unterhalb des grün-schwarzen Kilts einer gewissen Komik nicht entbehrt. Daran ändert auch das elegante Sakko an seinem Oberkörper nichts – ganz im Gegenteil. Das steife Lächeln in seinem leicht geröteten Gesicht steht in krassem Gegensatz zu der ausgelassenen Heiterkeit der Angehörigen um ihn herum.

Jeremy Lennox sieht zu der Gruppe hinüber. Eine solche feine Feier hätte seiner Loreena sicher sehr gefallen. Die Hochzeit mitten in Edinburgh – kann es einen edleren Rahmen als die Royal Mile für so etwas geben? Das wäre sogar eine perfekte Umgebung für die Heirat des Thronfolgers mit seiner Verlobten Diana Spencer, findet Jeremy. Aber er zweifelt daran, dass Prinz Charles sich sowas je trauen könnte. Doch eine Hochzeit hier in der Altstadt würde in den Augen eines jeden Schotten die in wenigen Tagen stattfindende, sicherlich prunkvolle Zeremonie in der Londoner St. Paul's Cathedral grandios ausstechen. Aber Charles ist nun einmal kein Schotte. Gott sei Dank.

Jeremy betrachtet die Braut. Noch bevor er ihr langes, schwarzes Haar und das silberne, glatt bis zum Boden fallende Kleid in dem Licht der unbehindert scheinenden Juli-Sonne ausgiebig bewundern kann, bleibt sein Blick an einem Gesicht zwei Schritte hinter der Glücklichen hängen. Mein Gott! Ein Frösteln durchzuckt schlagartig Jeremys Körper. All seine Sinne schlagen Alarm, auch die letzten Haarspitzen stellen sich auf. *Das ist er, da gibt es keinen*

Zweifel. Im Bruchteil einer Sekunde tauchen die Ereignisse in seinen Gedanken auf. Vor zwei Monaten ...

*

Schicksal? Einer dieser unendlich dummen Zufälle? Göttliche Fügung?

Jeremy konnte es auch später nicht sagen. Wenn Gott seine Finger im Spiel hatte, dann war es ein verdammt schlechtes Spiel, das er mit ihm trieb.

Sein Spaziergang an diesem Sonntagabend entlang des schmalen Strandes bei Portobello sollte seine Gedanken zerstreuen. Die Feuchtigkeit der feinsten Dunstperlen in dem dichten Nebel, der von der Wasserfläche des Firth of Forth auf das Land gekrochen war, kühlte seine Erregung. Deswegen war er hier. Abkühlen.

Der Schock, den ihm Loreenas Zeilen versetzt hatten, hatte im ersten Moment seine Gedanken gelähmt. Doch dann war er vor Wut geplatzt. *Verdammt nochmal, was soll das?* Seine Frage quälte ihn. Prägnanter und zielsicherer hätten ihn ihre Worte nicht treffen können:

»*Liebster Jeremy,*
es tut mir leid. Aber ich habe mich anders entschieden.
Ich gehe.
Bitte, suche mich nicht. Meine Entscheidung ist endgültig.
Ich will Stuart.
Loreena«

Stuart! Stuart! Verdammt nochmal, wer ist das? Loreena hatte diesen Namen noch nie erwähnt. Wie ein Fußballspieler jagte Jeremy seinen rechten Fuß in einen Sandhaufen. Wild spritzten die Körner und Brocken umher. Er musste sich Luft machen. Drei Monate zuvor hatte er sich von Glasgow nach Edinburgh versetzen lassen, um dichter bei Loreena zu sein. Schnell hatte er eine hübsche Wohnung in Restalrig gefunden. Der Weg zu seiner neuen

Dienststelle, der St. Leonards Police Station, in der er nun als jüngster Mitarbeiter der Kriminalabteilung arbeitete, war günstig – gerade einmal ein Drittel um den Vulkanhügel Arthur's Seat herum, und schon war er da. Doch hatte sich seine Hoffnung auf ein schnelles Zusammenziehen mit Loreena bisher nicht erfüllt. Die junge Frau fühlte sich noch nicht reif dafür. Sie hatte gemeint, dass sie mit ihren dreiundzwanzig Jahren und er mit seinen siebenundzwanzig gut noch einige Monate warten und sich prüfen könnten. Wenn sie einander wirklich liebten ...

Prüfen! Jeremy trat wieder in einen Sandhaufen. Die Nebelschwaden waren dichter geworden. Der junge Mann konnte gerade noch ein paar Schritte weit die Unebenheiten im Strand erkennen. Darüber hinaus verschluckte der Dunst jegliche Kontur. Grau in Grau. Zu seiner Linken vernahm er das Platschen der Wellen. Sonst nichts. Für einen Moment blieb er stehen und schloss die Augen. Seine Gedanken kreisten um Loreena. Er meinte gar, ihre Stimme zu hören.

Das war real. Das war wirklich Loreena. Irgendwo im Nebel vor sich vernahm er ihre Stimme. Es war ihre – darauf würde er sein Leben verwetten. Er ging weiter.

»Pass auf Dich auf, Stuart. Ich ... Vorsicht. Da ist wer!«

Die Stimme verstummte. Jeremy blieb sofort stehen. Nur kein weiteres Geräusch machen. Angestrengt lauschte er, drehte seinen Kopf, richtete sein rechtes Ohr genau in die vermeintliche Richtung aus. Erst nichts. Dann ...

»Wir sehen uns heute Abend, Liebster. Bye.«

Stille. Ob sie sich gerade küssten? Jeremy konnte es nicht wissen, aber er fürchtete es. Er lauschte. Nichts.

Dann hörte er plötzlich Schritte von vorn. Jeremy blickte sich nervös um, wusste nicht, was er tun sollte. Er hatte sich so sehr gewünscht, ihr zu begegnen. Aber jetzt? So?

Hastig zu verschwinden machte jetzt keinen Sinn. Er stand einfach regungslos. Das Knirschen im Sand wurde lauter. Der Umriss eines Menschen tauchte aus dem Nebel schemenhaft auf. Nur einer. Ein Mann.

Jeremy stand starr. Stuart! Aber das sollte auch egal sein. Der andere würde ihn nicht kennen. Es gäbe keine Konfrontation. Jeremy konnte sich nicht vorstellen, dass Loreena dem Nebenbuhler ein Bild gezeigt hätte. Und wenn doch?

Der Fremde kam näher. Jeremy erkannte jetzt die Details der Gesichtszüge. Der Mann schien kaum älter als er selbst. Die leicht vorstehenden Wangenknochen verliehen dem schmalen Gesicht etwas Asketisches. Schwarze, dichte Augenbrauen unterstrichen die Wirkung der dunkelbraunen Augen. Die kurzgeschorenen, schwarzen Harre betonten die kantige Kopfform. Die Kleidung des Mannes wirkte sauber, aber wenig elegant.

Der Passant sah Jeremy in die Augen, nickte kurz, führte den Zeigefinger seiner rechten Hand an die Schläfe und sofort wieder zur Seite weg. Mit diesem stummen Gruß, einem Salutieren gleich, ging er vorbei und verschwand auf der anderen Seite wieder in der Nebelwand.

Stuart hatte jetzt ein Gesicht. Jeremy würde es nicht vergessen, da war er sich sicher.

*

Die Meldung ging am nächsten Morgen auf der Station ein, als Lennox noch keine fünf Minuten an seinem Platz saß. Überfall auf eine junge Frau in der Priestfield Road.

Zehn Minuten später untersuchten Jeremy und sein Kollege Peter Dryburgh den Tatort, ein kleines Reihenhaus am Rande des Golfplatzes direkt neben dem Holyrood Park. Eine junge Frau, die vierundzwanzigjährige Krankenschwester Eileen McCall, war offensichtlich in der Nacht brutal überfallen worden. Niemand hatte von dem Vorfall direkt etwas mitbekommen. Erst bei der Rückkehr der Eltern von einem Wochenend-Trip war das Schreckliche am Morgen bemerkt worden.

Lennox und Dryburgh machten sich ein Bild. Ein zerborstenes Fenster, demolierte Möbelstücke, zwei Einschüsse in einer Wand, Unmengen von Blut auf dem Bett, an den Wänden und auf dem Fußboden. Hier hatte jemand gemetzelt. Einen solchen Blutverlust konnte niemand überleben. Doch von der Frau keine Spur. Die geschockten Eltern wurden ärztlich betreut. Sie konnten keinerlei Hinweise auf irgendetwas Auffälliges an dem Tag oder im Vorfeld geben. Auch die Nachbarn konnten nichts beitragen – bis auf eine ältere Dame, die am Vorabend zu sehr später Stunde noch einmal ihren Hund ausgeführt hatte.

»Ja, Inspector, ich bin mir ganz sicher.« Die Stimme der Alten klang zittrig. »Das war ein Körper, den der Kerl in den Kofferraum des Autos warf.«

»Gelegt hatte ...«

»Nein, geworfen. Der war ja wohl schon tot, oder?«

»Und warum habe Sie uns nicht sofort verständigt?«

»Weil ich dachte, das wäre eine Schaufensterpuppe. Erst heute Morgen, als das viele Blaulicht ...«

»Verstehe.« Jeremy zog die Augenbrauen hoch und warf seinem Kollegen einen vielsagenden Blick zu. »Habe Sie den Mann erkannt?«

»Nein, den kannte ich nicht. – Aber wenn Sie meinen, ob ich das Gesicht genau sehen konnte – ja, das konnte ich.«

Jeremy verdrehte die Augen. Eine Achtzigjährige, die jetzt seine Fragen formulierte, hatte ihm gerade noch gefehlt.

»Ah ja. Ein Mann, der gerade eine Leiche wegschafft, steht so dicht bei Ihnen, dass Sie sein Gesicht genau sehen, und lässt Sie einfach gehen?«

»Der konnte mich nicht sehen. Schauen Sie da vorn. Ich stand direkt hinter den Büschen.«

Jeremy nickte. »Okay. Könnten Sie uns in die Police Station folgen, damit wir eine Phantomzeichnung anfertigen können?«

»Selbstverständlich, Inspector, wenn ich meinen Hund mitnehmen kann.« Lennox nickte wieder, blickte seinen

Kollegen mit einem leichten Mundzucken an. Dieser verstand und war seiner Meinung.

»Das können wir wohl knicken«, sagte Dryburgh, als sie wenige Minuten später der Frau und ihrem Hund ins Auto geholfen hatten und er die Fondtür schloss. Während der Fahrt hielten die beiden Polizisten sich jedoch mit jeglichem Kommentar zurück.

*

Eine Stunde später konnte Lennox es nicht fassen. Er starrte mit geöffnetem Mund auf das Bild, unfähig etwas zu sagen.

»Was gibt's Jeremy? Zumindest ist die Zeichnung besser als befürchtet.«

Lennox konnte den Blick nicht von dem Gesicht auf dem Blatt Papier abwenden. Stuart! Kein Zweifel. Hätte er selbst mit dem Zeichner zusammengesessen, um ein Phantombild seiner gestrigen Begegnung im Nebel anfertigen zu lassen – das Ergebnis hätte nicht besser sein können. Er fand seine Sprache wieder.

»Ich habe das Gesicht schon gesehen, Peter. Gestern.«
»Kein Scherz?«
»Nein, kein Scherz. Ich kenn sogar seinen Namen. Stuart.«
»Stuart - hm. Vor- oder Nachname?«
Jeremy zuckte mit den Schultern.
»Das weiß ich allerdings nicht. Wahrscheinlich der Vorname.«
»Hat er sich vorgestellt?«
»Nein. Im Vorbeigehen fing ich ein Gespräch auf.«
Jeremy war nicht willens, mehr über die gestrigen Geschehnisse und die Vorgeschichte preiszugeben. Das ging niemanden etwas an.
»Gespräch mit wem?«
»Weiß nicht. Ich hatte zufälligerweise nur auf den Mann geachtet.«

»Die andere Person war also eine Frau.« Keine Frage, sondern eine Feststellung. Dryburgh erwies sich wieder als exzellenter Zuhörer. Für Jeremys Geschmack heute zu exzellent.

»Äh, ja. – Ja.«

»Auch wenn du nicht darauf geachtet hast – könnte es diese Eileen McCall gewesen sein?«

Dryburgh schob ihm dezent das Bild der Überfallenen auf dem Schreibtisch rüber, obwohl er wusste, dass Jeremy das Foto bereits gefühlte dutzend Male angeschaut hatte. Lennox blickte erst gar nicht darauf und zuckte mit den Schultern.

»Du, ich habe wirklich nicht darauf geachtet. Vielleicht – vielleicht auch nicht. Nur bei dem Mann, da bin ich mir sicher.«

»Okay. Dann lass uns mal suchen.«

Dryburgh veranlasste die Recherche in den Karteien und gab die Fahndung mit dem Bild raus. Sie fragten nach einem Mann, schwarzhaarig, Alter circa achtundzwanzig, Vor- oder Nachname eventuell Stuart, andere Alias-Namen konnten nicht ausgeschlossen werden.

*

Das alles liegt nun zwei Monate zurück. Die Fahndung verlief ergebnislos. Der Täter und die Leiche der Frau blieben verschwunden. Sowohl ein Foto des Opfers, aufgenommen nur wenige Tage vor der Tat, als auch die Phantomzeichnung Stuarts prangten von den vielen Plakaten im Stadtgebiet. Doch die Resonanz blieb mau. In den einschlägigen Karteien war der Mann nicht vertreten. Zwar gab es den einen oder anderen Stuart, doch in keinem Fall passten Alter oder Aussehen. Mittlerweile beherrschten andere Verbrechen und Fahndungen die oberen Regionen der Schlagzeilen und Aushänge.

Geblieben und die ganze Zeit über immer präsent waren jedoch die Fragen, die Jeremy quälten. *Was hat Loreena mit dem Geschehen zu tun? Wo ist sie? Ist sie Komplizin? Ist sie auch ein Opfer? Lebt sie vielleicht gar nicht mehr?* Jeremy hat sich nicht lösen können. Nach dem Geschehen erst recht nicht. Er sehnt sich mehr denn je. Doch kein Lebenszeichen ist bisher irgendwo aufgetaucht. Seine private Suche ist erfolglos geblieben. *Wo bist du, Loreena?*

Und jetzt sieht er Stuart direkt hinter der Braut! *Dieses brutale Schwein!*

Instinktiv tastet sich seine Hand zu der Ausbuchtung unter seinem Jackett. Doch im selben Moment zuckt sie schon wieder zurück. Lennox darf hier, in dieser Situation, auch nicht einmal nur daran denken, von der Waffe Gebrauch zu machen. Eine Schießerei im Zentrum der Royal Mile mitten in einer Hochzeitsgesellschaft und zwischen den umstehenden Touristen kann nur in einem Desaster enden. Die Gedanken wirbeln wild in seinem Hirn durcheinander. *Kann Stuart mich wiedererkennen?* Jeremy ist sich unsicher. Für ihn selbst war der Augenblick der Begegnung damals enorm wichtig. Aber für Stuart? Eher nicht, wenn er nicht zuvor ein Bild von Loreena erhalten hatte. In den Augen des Verbrechers war das nur eine flüchtige Begegnung im Nebel. *Würde ich Loreena wiederfinden, wenn ich ihn töte?* Jeremy hat darauf keine Antwort. Er zwingt sich zu dem Schluss, dass das keinen Einfluss auf seine Aktionen haben darf. Vor ihm steht ein Biest, das unschädlich gemacht werden muss. Nur das zählt.

Lennox will es drauf ankommen lassen, aber ohne eine Ballerei zu provozieren. Langsam nähert er sich dem Brautpaar, wendet dabei die Augen nicht von Stuart ab. Wie in Trance drückt er die Braut dem Angetrauten in die Arme. Stuart, der bisher noch keinen Blick in Jeremys Richtung geworfen hat, hat sich derweil bereits wegbewegt und geht in den Innenhof der City Chambers. Der Inspector schiebt sich durch die Feiergesellschaft und folgt ihm im Abstand von gut zehn Schritten. Der Verbrecher bewegt sich auf den Haupteingang zu. Jeremy sucht für einige Sekunden Sichtschutz hinter der grün angelaufenen Bronze-Statue des

Alexander mit seinem Pferd Bucephalus, dann eilt auch er auf die Pforte zu.

Im Innern kann er Stuart nicht entdecken. Doch der Klang von Schritten kommt aus dem weiter hinten liegenden Treppenhaus. Jeremy eilt hinüber, blickt hinunter und kann noch Schulter und Arm des Verfolgten sehen, bevor dieser in einer Seitentür verschwindet. Lennox jagt die Stufen hinunter und öffnet vorsichtig die Tür. Ein Raum mit prachtvollen großen Gemälden an den Wänden tut sich vor ihm im Schein der eingeschalteten Beleuchtung auf. Holzvertäfelungen schützen die Wände unterhalb der Bilder bis auf halbe Höhe. Ein blauer Teppichboden dämpft die Schritte. Der Raum ist leer. Jeremy steht für einen Augenblick konsterniert. Außer der Tür, durch die er eingetreten ist, gibt es keine weitere. Die Fenster – alle nur zur Rückseite des Gebäudes – sind geschlossen. Außerdem könnte sie niemand ohne weiteres als Fluchtweg nutzen, denn von hier geht es über mehrere Stockwerke tief hinunter zur Cockburn Street, die sich von der Royal Mile einer Schlange gleich um die City Chambers herum steil hinunter ins Tal der Market Street windet und an dieser Stelle schon mächtig Höhenmeter gut gemacht - oder besser: verloren - hat. Wie ist Stuart verschwunden?

Jeremy schaut sich noch einmal um, ob er irgendein pfiffiges Versteck übersehen hat. Doch er kann nichts entdecken. Hat er sich im Stockwerk geirrt? Hat Stuart sich irgendwo im Treppenhaus getarnt? Er sucht die Bereiche ab. Erfolglos. Nach zehn Minuten bricht er ab und steigt die Stufen wieder hoch. Sein Ärger ist gepaart mit der Verblüffung über das plötzliche Verschwinden. Jeremy zweifelt an sich selbst.

*

Zurück an seinem Schreibtisch überdenkt er die Alternativen.

Mit einer Truppe die Lokalität genauer untersuchen und durchkämmen lassen? Er hat da seine Zweifel an einem möglichen Erfolg. Wenn Stuart sich vor ihm versteckt hat, dann hat er Lunte gerochen. Anders ist das nicht zu erklären. Warum sollte er sich sonst verstecken? Und dann ist der Gejagte jetzt schon auf und davon. Der wird ja nicht dort sitzen bleiben und auf die Polizei warten.

Oder hat Jeremy etwas anderes übersehen? Aber was? Also doch mit den Kollegen untersuchen? Und dadurch vielleicht Loreena gefährden? Ausgeschlossen. Loreena hat Vorrang – absolut. *Ich muss Loreena wiederfinden!* Und das heißt für ihn auch: kein Polizei-Aufgebot. Er will kein Risiko für Loreena eingehen und merkt dabei nicht, dass er innerhalb von einer Stunde seine Prioritäten geändert hat.

Dryburgh kommt vorbei.

»Peter, eine Frage.«

»Schieß los, Jeremy.«

»Ich habe heute eine auffällige Person verfolgt. ...«

»Steckbrief?«, unterbricht Dryburgh.

»Nein, nein. Einfach einer, der mir in der Royal Mile auffiel. Man weiß ja nie. Taschendieb, Trickdieb – alles schon dagewesen. Jedenfalls wollte ich ihn genauer unter die Lupe nehmen. Bin ihm dann ...«

»Ach, ein Mann also.«

»Ja. Ein Mann. ... Also - ich folgte ihm in die City Chambers. Und dort verlor ich im ersten Stock nach unten seine Spur. Genau so, wie ich es jetzt sage. Spurlos. Hast du so etwas schon einmal gehört?«

»Hm ... erster Stock nach unten ... Gleich das erste Zimmer? Der alte Sitzungssaal?«

Jeremy zuckt mit den Schultern.

»Namen von Räumen sagen mir nichts. Aber das erste Zimmer – ja.«

»Warte mal, da war was.«

Dryburgh geht zum Ablageschrank und kramt durch die Hängeregister. Dann zieht er eine schmale Mappe hervor.

»Hier. Wusste ich es doch. In dem Zimmer geschah vor einem Monat eine Attacke auf den Hausmeister. Am helllichten Tag.«
»Ein Raub?«
»Nein. Überhaupt kein Motiv erkennbar. Aber warum ich die Akte gegriffen habe: der Hausmeister folgte einem Unbekannten, der ihm verdächtig vorkam, und wurde in genau jenem Raum niedergeschlagen. Er war der festen Meinung, nicht ohnmächtig gewesen zu sein und die Tür immer im Blick gehabt zu haben. Er sah ihn nicht hinausgehen. Doch als er sich aufrappelte, war der Fremde verschwunden. Wir maßen dem keine Bedeutung bei und dachten, dass er doch ...«
»Wie heißt der Mann?«
»Cullen, Andrew Cullen.«
»Danke, Peter. Ich werde nachhaken.«
Jeremy schöpft Hoffnung, durch ein Gespräch mit dem Hausmeister eine Spur zu Loreena zu finden. Nach einem Telefonat ist aber klar, dass er Mister Cullen erst morgen antreffen kann.

*

Der grauhaarige Mittsechziger wirkte zunächst zwar klapprig, ist aber doch behänder auf den Beinen, als Jeremy nach diesem ersten Anschein vermutet hat. Eilig folgt der Inspector dem Hausmeister durch das Treppenhaus auf jenem Weg, den er am Vortag schon kennengelernt hat.
Schon zwei Schritte hinter der Tür bleibt der Bedienstete stehen.
»Hier war es, Sir. Hier stand ich und da vorn der andere.« Dabei zeigte er auf eine Stelle in ungefähr fünf Schritten Entfernung.
»Und dann?«
»Ich fragte, was er wollte, und ging dann weiter auf ihn zu. Er stand nur stumm und zunächst bewegungslos.«
»Und?« Lennox kann seine Ungeduld nicht verbergen.

»Als ich nah genug an ihn heran war, holte er urplötzlich zum Schlag aus und streckte mich nieder, Sir. Ich konnte nicht einmal mehr erkennen, ob er dabei einen Gegenstand in der Hand hielt oder die bloße Faust benutzte, Sir.«

»Sie verloren also das Bewusstsein.«

»Aber nein, Sir. Ich spürte einen stechenden Schmerz und sah tatsächlich für einige Augenblicke nur Sterne, aber ich war voll da. Allerdings fand ich mich direkt auf dem Boden hier wieder, mit dem Gesicht nach dort.« Dabei zeigt er in Richtung der Tür.

»Und Sie sahen ihn dann nicht.«

»Nein, Sir. Er stand ja hier, also sozusagen in meinem Rücken.«

»Hörten Sie ihn? Sagte er etwas? Oder konnten Sie seine Schritte vernehmen?«

»Nein, Sir, nichts von alledem. Der Teppichboden hier schluckt jedes Geräusch von Schritten. Und er blieb stumm wie zuvor.«

»Hm, hm.«

Lennox reibt sich das Kinn, zieht dann ein Papier aus der Jackett-Innentasche.

»Ist er das?«

Der Inspector hält dem Hausmeister das Phantombild unter die Nase. Cullen weitet seine Augen.

»Aber ja, Sir. Das ist der Mann. Sie kennen Ihn?«

»Nein, noch nicht. - Und dann?«

»... war er weg. Einfach weg. Der Raum hier war leer – abgesehen von mir natürlich. Ich ...«

»Okay, Mister Cullen, dann lassen sie uns suchen.«

»Wonach? Sie meinen nicht, dass das etwas mit den Geister-Erscheinungen zu tun haben könnte, die es hier in dem Viertel seit mehr als dreihundert Jahren gibt?«

»Geister? Hier?« Lennox hat davon noch nichts gehört. »Was meinen Sie genau?«

»Nun, Sir, in diesem Viertel grassierte die Pest. Und danach ...«

»Nein, Mister Cullen, ich bin mir sicher, dass wir es hier mit einem Menschen aus Fleisch und Blut zu tun haben. Wir suchen keinen Geist, aber irgendeine Art von Geheimtür. Alles andere macht für mich keinen Sinn.«

»Oh!« Der Hausmeister nickt. »Wo wollen wir suchen?«

»Hier, in dem Bereich, der nach dem Niederschlag ›in Ihrem Rücken‹ lag.«

Lennox geht zur rückwärtigen Wand, Cullen folgt ihm. Gemeinsam nehmen sie die Wandvertäfelung intensiv in Augenschein. Nach zehn Minuten ballt der Inspector die Faust.

»Hier, Mister Cullen, sehen Sie das? Ein deutlicher senkrechter Spalt. – Und hier, nur einen Schritt weiter, ebenfalls.«

Jeremy untersucht die Holzverkleidung genauer. Er drückt, tastet die Spaltkanten ab, prüft die obere, quer laufende Abschlussleiste. Dann hat er den Mechanismus gefunden. Er drückt – und lautlos springt die Tür auf. Sie ist zwar nur so hoch wie die Wandvertäfelung, so dass man sich bücken muss, um hindurch zu schlüpfen, aber groß genug, dass auch ein Erwachsener innerhalb von drei, vier Sekunden verschwinden und die Öffnung wieder schließen kann.

»Wir haben es, Mister Cullen. Wir haben es.«

Jeremy grinst den Hausmeister an, der mit offenem Mund und geweiteten Augen den Geheimgang betrachtet.

»Mein Gott! Das muss hinunter zu Mary King's Close führen! Jetzt bin ich schon seit fast vierzig Jahren hier. Aber niemand hat je etwas darüber verlauten lassen.«

»Vielleicht weil es niemand hier im Haus weiß? ... Was ist dieses Mary King's Close?«

»Ein Wohnviertel, das vor dreihundert Jahren nach einer Pestepidemie verlassen und etwas später durch dieses Gebäude hier zu einem unterirdischen Stadtteil wurde. Später kamen die Menschen zwar wieder, aber seit fast hundert Jahren ist das Close dann endgültig geschlossen und versiegelt.«

Der Inspector blickt hinein. Er sieht nur Dunkelheit, glaubt aber, durch den Hall abschätzen zu können, dass der Gang weit nach rechts abwärts führen muss.

»Ich denke, ich rufe die Kollegen. Da sollte man sich besser nicht allein hinein wagen.«

Gerade will Jeremy mit dem Hausmeister zum Treppenhaus gehen, als er ein weit entferntes, aber doch deutliches Schluchzen aus dem Dunkel vernimmt. Er sieht Cullen an, dass auch der den Ton gehört hat.

»Ein Kind. Oder eine Frau, Sir. – Ich sagte Ihnen doch, das ist nicht geheuer. Die Pestopfer ...«

Jeremy steht wie gebannt. Er kann sich nicht dagegen wehren – sein Körper bebt und seine Nackenhaare haben sich aufgestellt. *Loreena!* Er hat Angst, dass sie dort unten in Gefahr ist. Er atmet tief durch.

»Hören Sie, Cullen, beeilen Sie sich und rufen Sie auf der Police Station an. Die Kollegen sollen schnellstens hierher kommen. Ich ... ich muss da hinunter!«

»Sind Sie sicher?«

»Ja, bin ich. Kann ich Ihre Taschenlampe haben?«

Der Hausmeister nickt und klemmt den kleinen Strahler von seinem Gürtel ab.

»Beeilen Sie sich, Cullen! Bis gleich.«

Ohne auf eine Reaktion zu warten stürmt Jeremy mit der Lampe in der Hand durch die kleine Tür.

*

Mit der gezogenen Schusswaffe in der rechten und der Taschenlampe in der linken Hand bewegt Jeremy sich in der Dunkelheit. Zu seiner Überraschung führt hier kein langer Gang weiter weg. Schon nach wenigen Schritten endet der Weg an einer Wendeltreppe, die nach unten führt. Der Inspector steigt hinab. Er weiß nicht, wie tief er jetzt ist. Waren es ein Stockwerk oder drei? Er hat einen weiteren Gang erreicht.

Die Luft steht muffig zwischen den kalten Mauern. Der unebene, aber steinerne Boden führt stufenlos weiter abwärts. Der Weg endet nach wenigen Schritten in einem kleinen Raum mit gewölbter Decke. Die nackten Wände tragen Reste von Putz. In einer Ecke liegen Holzbretter von jeweils vielleicht drei oder vier Fuß Länge. Ansonsten kann Jeremy keine Gegenstände entdecken. Auf der rechten Seite führt eine Öffnung mit angelehnter Tür irgendwo hin. In dem Moment, als Jeremy sie öffnen will, wird er sich seiner prekären Situation bewusst. Mit dem Licht in der Hand bietet er einem möglichen Angreifer ein perfektes Ziel in der Dunkelheit. Eine mögliche Blendwirkung durch den Strahl der Lampe hält er für eher unwahrscheinlich. Er muss anders vorgehen.

Jeremy schaltet das Licht aus und öffnet die Tür. Vorsichtig streckt er den Kopf in die Dunkelheit, schaut zu allen Seiten. Tatsächlich ist es hier nicht stockfinster, sondern er kann zu seiner Linken einen entfernten Lichtschein erkennen. Er schaut in einen längeren Gang, der gut und gerne vierzig Schritt weit führt und dann abknickt. Und in diesem Knick sieht er den Schein. Aber jenes Licht ist zu schwach, um ihm gesichert Unebenheiten, Hindernisse oder gar einen Gegner in irgendeiner Nische sichtbar zu machen. Für einen kurzen Augenblick schaltet Jeremy die Lampe wieder ein, damit er, einem Fotoapparat gleich, das vor ihm liegende Szenario als Bild aufzusaugen und in seinem Kopf abzuspeichern kann. Dann ist es wieder fast komplett dunkel. Das reichte. Er konnte in dem Moment genug erkennen.

Von dem Gang vor ihm gehen in einigen Abständen Türöffnungen nach links und rechts ab. Jeremy ist erfahren genug, nicht blindlings an diesen möglichen Verstecken vorbeizustürmen. Vorsichtig nähert er sich der ersten Tür links, die Waffe im Anschlag. Er tastet. Kein Türblatt. Ein offener, dunkler Raum. Der Inspector lauscht angestrengt. Doch es ist mucksmäuschenstill. Er tritt ein. Im sekundenlangen Schein der Lampe verschafft er sich Gewissheit.

Leer. Ähnlich wie der Raum zuvor. Nur zeigen sich hier auf einem fast intakten, hellen Putz ornamentvolle Handschriften, wahrscheinlich vor langer Zeit aufgetragen. Keine Zeit für Bewunderungen.

Schräg gegenüber, auf der anderen Seite des Ganges, untersucht er auf die gleiche Art und Weise ein Gewölbe, in dem er zu seiner kompletten Überraschung noch deutlich Stallgeruch wahrnehmen kann, als wären hier erst vor wenigen Tagen Kühe oder andere Haustiere eingestellt gewesen. Das soll hier fast hundert Jahre verschlossen gewesen sein?

Jeremy schwitzt trotz der Kühle.

Da – wieder ein leises Jammern von weit da vorn. *Loreena?* Der Inspector macht einen Schritt und zuckt zusammen. Irgendwer hat ihn berührt, oder? Er fährt herum, kann den Luftzug noch immer spüren. Nichts. Er riskiert wieder ein Sekundenlicht. Der Gang hinter ihm ist leer. Jeremy atmet tief durch. Weiter.

Die nächste Tür verursacht beim Öffnen ein lautes, durchdringendes Knarren. Jeremy zuckt zusammen. Der Raum wird schlagartig uninteressant, Schritte tönen weiter vorn. Im gleichen Augenblick verlöscht das ferne Licht. Jetzt ist es stockfinster. Die Schritte sind noch immer zu hören. Es kommt jemand. Jeremy nimmt die Waffe vor, legt sich einen Plan zurecht, wie er mit der Taschenlampe operieren will. Ohne Licht kann er einen Gegner schlecht ausschalten. Mit Licht ist er dem anderen aber eine willkommene Zielscheibe. Wenn er es schon nicht vermeiden kann, dann will er dem Ankommenden ein Ziel liefern, bei dem er selbst nicht im Zentrum steht. Er streckt seine linke Hand, die die Lampe hält, weit seitlich von sich. Die Breite des Ganges lässt soeben einen gestreckten Arm zu. Die Schritte werden lauter. Jeremy hält die Waffe vor sich und zielt in das Nichts vor ihm. Jetzt!

Er schaltet die Taschenlampe ein. Im Schein sieht er den anderen. Stuart! Mit einem Revolver in der Hand. Eine Kugel klatscht links neben ihm in die Decke. Gleichzeitig drückt Jeremy ab und schaltet im selben Augenblick die Lampe aus. Dunkelheit. Vor ihm fällt ein Körper auf die Steine. Etwas schweres Metallisches schlägt auf. Stille.

Der Inspector wartet einige Sekunden. Nichts. Er riskiert einen Lichtschein.

Fünfzehn, zwanzig Schritte vor ihm liegt Stuart in dem Gang. Regungslos. Vorsichtig nähert er sich – Schritt für Schritt. Stuarts Pistole liegt weit genug von dem Körper entfernt. Da droht keine direkte Gefahr. Die eigene Waffe permanent auf den Angeschossenen gerichtet, erreicht der Inspector den Gegner. Mit einem Fuß stupst er den Körper heftig an. Keine Reaktion. Vorsichtig legt er die Lampe ab, dass sie weiterhin auf Stuart scheint, und beugt sich hinunter. Mit einem Griff in Stuarts Haare zieht er den Kopf zur Seite. Wenn der Mann darauf nicht in irgendeiner Form reagiert, dann ist er zumindest nicht mehr bei Bewusstsein. Keine Reaktion. Mit den Fingern der linken Hand – die rechte hält noch immer die zielende Waffe – sucht Jeremy die Halsschlagader. Leichter Puls, ganz schwach. Stuart lebt noch. Nur kurz zieht er eine akute Hilfeleistung in Erwägung.

Da. Wieder das Schluchzen. *Loreena!*

Jeremy weiß, was er will. Er legt dem Schwerverletzten hastig Handschellen an, hebt den Revolver vom Boden auf und steckt ihn ein.

Loreena!

Er schiebt jegliche Vorsicht beiseite und stürmt los. Jetzt nutzt er bedenkenlos das Licht.

Nur wenige Schritte hinter dem Knick des Ganges entdeckt er eine weitere, uralte Tür. Jeremy reißt sie auf, leuchtet ins Dunkel.

Vor einem Bettgestell sitzt die Frau wimmernd auf dem Boden, die nackten Beine angewinkelt halb unter sich. Wie schlank und anmutig sie ins Auge stechen. Lediglich ein zerlumptes T-Shirt bedeckt den Oberkörper, ansonsten kein einziges Kleidungsstück.

Loreena? Das ist nicht Loreena!

Unter dem schulterlangen, schwarzen Haar blickt ein Augenpaar ängstlich und ausgemergelt in das Licht. Die Frau zuckt zusammen, lehnt sich zurück, als könnte sie so entfliehen. Jeremy erkennt die Panik. Und die Handschellen an ihren Händen, die sie an das Bettgestell ketten.

Jetzt erst versteht der Inspector ihr Entsetzen und überwindet seine Starre. Die Überraschung steckt ihm in den Knochen. Mit einem tiefen Atemzug schließt er für zwei Sekunden seine Augen, dann richtet er den Lichtschein auf sein eigenes Gesicht.

»Keine Angst. Schauen Sie, ich bin nicht Stuart.«

Sie antwortet nicht. Jeremy lenkt das Licht wieder auf die Gefangene.

Mein Gott! Das kann doch gar nicht sein!

Seine Blicke suchen ihren Körper ab. Die Frau ist in einem erbärmlichen Zustand. Abgemagert. Blaue Flecken an den Beinen zeugen von Demütigungen, die sie erlitten haben muss. Aber er kann keine sonstigen Verletzungen erkennen. Keine offenen oder frisch verheilten Wunden.

»Sie sind Eileen McCall, richtig?«

Sie nickt, schluchzt noch immer.

»Machen Sie sich keine weiteren Sorgen. Es ist vorbei.« Dann eilt er hinaus zu Stuart. In einer der Jackentaschen findet er bei ihm, was er sucht – den Schlüssel.

Als er ihr die Handschellen abgenommen hat, kniet er sich neben sie. Zum ersten Mal spricht sie.

»Danke.« Mehr nicht.

»Sagen Sie, Eileen, was ist passiert? Was hat Stuart gemacht?«

»Stuart?«

Das hätte Jeremy sich denken können. Wieso sollte jemand sich bei einer solchen Tat seinem Opfer vorstellen?

»Der Mann dort draußen. Der Sie hier festhält.«

»Der heißt ... heißt nicht Stuart. Das ist ... Bennie. Bennie McLaughlin.«

Jeremy ist verwirrt. *Bennie?*

»Was hat der mit Ihnen gemacht? Was ist damals, vor zwei Monaten, bei Ihnen zuhause passiert?«

»Zwei Monate ...?«, stammelt Eileen. Sie starrt ins Leere. »Schon zwei Monate?«

»Was ist da passiert? Und wer ist dieser ... Bennie?«

Langsam wendet sie ihren Blick zum Inspector.

»Bennie ist schon so lange hinter mir her. .. Schon so lange. Wollte mich. Aber ich wollte nichts von ihm.«

»Sie kannten ihn?«

Eileen nickt. »Er arbeitet als Erstsanitäter bei uns im Krankenhaus.«

»Aber was passierte in Ihrem Haus?«

»Er ... er kam und stellte mir ein Ultimatum. Der ist doch verrückt! ... Als ich ›nein‹ sagte, holte er auf einmal die Blutkonserven hervor und spritzte wild um sich rum. ›Soll ich das mit dir machen? Soll ich das machen?‹, schrie er immer wieder. ... Immer wieder. ... Er zückte eine Pistole. Keine Ahnung, wo er die her hatte. Er fuchtelte wild rum, ballerte ein- oder zweimal. Dann weiß ich nichts mehr.« Sie schluchzt wieder, kann scheinbar einen Weinanfall kaum unterdrücken. »Erst hier wurde ich wieder wach. ... Wo bin ich hier?«

»Mitten in Edinburgh. Und bald wieder zuhause.«

Die Gedanken rasen wild durch seinen Kopf. *Wo ist Loreena? Bennie heißt er. Bennie ist nicht Stuart.* Langsam dämmern ihm die Zusammenhänge. Langsam begreift er.

Loreena und Stuart hatten nicht ihn gehört, sondern Bennie. Der Sanitäter war ein zufälliger Passant gewesen wie er selbst. Mehr nicht. Welch gnadenloser Zufall! Unglaublich! Jetzt zweifelt er sogar, dass es wirklich Loreena war, die er hörte. Er will sich selbst gar nichts mehr glauben. Er möchte alles anzweifeln. Alles.

Jeremy schüttelt schweigend seinen Kopf. Wieder und wieder.

Stuart hat nun kein Gesicht mehr. Loreena ist weiter weg denn je.

Schritte tönen durch den Gang. Stimmen sind zu hören.

Mit einem tiefen Durchatmen blickt Lennox sich um. Die einzigen Kleidungsstücke sind stark verdreckte Lumpen in einer Ecke des Raumes.

»Hier sind wir!«, brüllt Jeremy. »Hierher!«

Dann steht er auf und hilft der Frau hoch. Er zieht sein Jackett aus und hüllt sie darin ein. Behutsam legt er seinen Arm um sie und führt sie langsam zur Tür. Eileen legt ihren Kopf an seine Schulter.

Wieder frei. – Endlich frei.

In Jeremys Augen sammeln sich Tränen.

Loreena!

ENDE

Anmerkung zu »Stuarts Geheimnis«

Mary King's Close war ursprünglich ein normales, eng gebautes Viertel in Edinburgh, das im 17. Jahrhundert Zentrum einer Pest-Epidemie war und infolge dessen zugemauert und verlassen wurde. Im 18. Jahrhundert wurde der Bereich zwar wieder geöffnet, doch wurden die oberen Etagen abgetragen und die Gasse wurde mit der Royal Exchange (heute City Chambers) überbaut, wodurch Mary King's Close zu einem »unterirdischen« Viertel wurde. 1897 zog der letzte Bewohner aus der Gasse aus und der gesamte Bereich wurde verschlossen. Legenden, vor allem im Zusammenhang mit der Pest und ihren Folgen, ranken sich um das Viertel, insbesondere die Geschichte von Annie, die von der Pest befallen allein in Mary King's Close zurück und ihrem Schicksal überlassen wurde und seitdem umhergeistert.

Ab 1982 wurde Mary King's Close archäologisch untersucht. Seit 2003 ist der Bereich für die Öffentlichkeit wieder zugänglich.

Die Handlung von »Stuarts Geheimnis« ist fiktiv, ebenso einzelne bauliche Beschreibungen des Inneren der City Chambers und des Mary King's Close.

6:30

Die Dunkelheit hüllte die Straßen von London ein, den dünnen November-Nebel als Verbündeten. Das spärliche Licht der weit auseinander stehenden Laternen sparte die Ecken der Hauseingänge in diesem Stadtteil westlich des Regent's Park aus. Die Schatten der geparkten Autos legten ein schwarz-graues Muster auf die Gehwege.

Jo-Ann war allein. Das Klackern ihrer High-Heels schallte als helles Echo von den Hauswänden zurück. Der feine Wasserfilm auf den Pflastersteinen der Gasse glänzte wie die Glasur eines die Sinne lockenden Kuchens. Sie hatte nicht erwartet, dass ihre Unternehmung auch jene Extra-Portion Spaß mitbringen würde. Sex in einem dunklen Hinterhof. Egal wie durchgeplant das auch gewesen war – die Lust hatte sie überrannt.

Nervös blickte sie sich um. Es wäre fatal, wenn Jeremy ihr jetzt folgen würde. Alles durfte passieren, nur das nicht. Doch keine Männergestalt in Sicht. Lediglich die Konturen einer Frau zeichneten sich einen Steinwurf hinter ihr in der Nebelschwade ab. Jo-Ann schlug den Kragen ihres Trenchcoats höher. Gut dass sie an diesem feuchten Abend an die Handschuhe gedacht hatte. Die Straßenlaterne warf einen anmutigen Schatten auf die leere Fahrbahn. Jo-Ann bewunderte ihr eigenes Abbild. Schlanke, in ihren Rundungen aufreizend wirkende Bein-Schatten verschwanden auf Knie-Höhe unter dem Umriss des Mantels, der durch den eng gezogenen Gürtel die wespenartige Taille betonte. Jo-Ann strich sich mit den Fingern durch das lange, blonde Haar, als sie in die St. John's Wood High Street einbog.

Heute kam es darauf an. Wenn nicht heute, dann vielleicht nie mehr. Sie schaute sich wieder um. Alles okay. Kein Mann. Nur jene Frau. Nach zwei Minuten hatte sie den Eingang in der rot-weißen Häuserzeile erreicht. Nach dem Eintreten schloss sie sorgsam ab und begab sich in die Wohnung im ersten Stock. Im Licht der Deckenbeleuchtung suchte sie die Räumlichkeit nach verdächtigen Spuren ab. Nichts. Alles in Ordnung. Keine Auffälligkeiten. Sie ging zum Fenster und kontrollierte die Straße. Der auf das Pflaster fallende Lichtschein und die darin eingehüllte Bewegung durch ihren Schatten stoppte die Frau auf dem Bürgersteig. Die Passantin blieb vor der Parkmauer um die St. John's Wood Church Gardens stehen und schaute herauf. Sofort zog Jo-Ann die Vorhänge zu, so dass von außen jetzt sicherlich nur noch ihr Schatten auf den Stoffbahnen zu sehen war. Nur kein unnötiges Risiko. Jo-Ann behielt die Handschuhe an, streifte aber den Trenchcoat ab und hängte ihn fein säuberlich in den Schrank. Vom Sessel nahm sie die schwarze Lederjacke, warf sie über, löschte das Licht und verließ die Wohnung. Durch den Hintereingang des Hauses verschwand sie in die Dunkelheit des Hinterhofs und betrat durch einen Torbogen des Nachbarhauses die parallel laufende Greenberry Street.

*

In der Abenddämmerung des nächsten Tages beobachtet ein Maskierter aus dem Dickicht hinter der Mauer der St. John's Wood Church Gardens die Blondine, die die Tür zu dem rot-weißen Haus aufschloss. Als wenige Augenblicke später der Lichtschein den Raum im ersten Stock erhellte, zielte ein Gewehrlauf aus dem Dunkel des Parks heraus durch das unverhüllte Fenster auf die Silhouette, die sich gerade aus dem Trenchcoat schälte. Die Straße war menschenleer. Mit eingeübter Atemtechnik und antrainierter Routine wurde der Lauf auf die Frau ausgerichtet. Der Oberkörper mit den wohlgeformten, nur halb verdeckten Brüsten lag nun voll im Visier.

Der Schuss peitschte durch die Nacht. Glas splitterte, die Blondine sank getroffen zu Boden.

Fenster wurden aufgerissen. Menschen schrien. Mit schnellen Griffen schraubte der Killer die Waffe wieder auseinander. Wenige Augenblicke später rannte die komplett schwarz gekleidete Person mit einem Aktenkoffer in der Hand durch den dunklen Park, fast unsichtbar. Sirenen ertönten hinter ihr. Blaulichter blitzten. Ein Lärm- und Lichtermeer füllte die kleine Straße vor der rot-weißen Häuserzeile.

*

Patrick McChristie saß an der Theke im Iron Hawk und nippte an dem Pint mit Lager-Bier, als das »God Save The Queen« seines Handys den Genuss unterbrach. Das Gespräch war kurz. Er kramte eine Fünf-Pfund-Note heraus und schob sie mit einem stummen Nicken dem Wirt hinüber. Dann wählte er eine Nummer.

»Hallo Schatz. Scotland Yard hat mich angerufen. Ich soll hier in Plymouth zur örtlichen Polizei. ... Ich weiß nicht. Wir werden sehen. ... Ja, das wäre nett.«

Zehn Minuten später saß er einem Beamten in der nächstgelegenen Polizei-Station gegenüber. Nach Ausweisprüfung und einem telefonischen Rückruf teilte dieser ihm das schreckliche Geschehen mit.

»Wie bitte? Meine Frau? Getötet? Zuhause?« Patrick war außer sich. »Wann?«

»Vor etwas mehr als einer Stunde.«

»Erschossen? Das ...« Ungläubig starrte er den Polizisten an.

Dieser nickte nur.

»Tut mir leid, sehr leid. Ich nehme an, Sie fahren direkt nach London zurück, oder?«

»Keine Frage, Constable. Ich ...« Patrick schüttelte mit leerem Blick den Kopf. »... natürlich fahre ich.«

»Sie sind mit dem eigenen Auto hier?«

»Nein.«

»Soll ich Sie zum Bahnhof bringen?«

Patrick reagierte einen Moment lang nicht, dann schreckte er auf.

»Nein, nein. Danke. Meine Begleiterin wird mich fahren.« Dabei deutete Patrick zum Fenster hinaus auf einen kleinen Roadster mit einer brünetten Frau am Steuer.

»Okay. Dann gute Reise durch die Nacht. Vier Stunden von Plymouth nach London sind ja kein Katzensprung.« Der Polizist reichte ihm an der Tür die Hand. »Und nochmals mein herzlichstes Beileid.«

Langsam, zögerlich begab sich der Londoner zum Auto. Dann steigerten sich seine langsamen Bewegungen in ein wildes Jonglieren seiner Arme. Aufgeregt berichtete er seiner Fahrerin.

*

London versank wieder im Dunst. In der Paddington Green Police Station legte Inspector Sheppard die frische Ausgabe der Sun mit der kleinen Schlagzeile über den Mord auf Seite drei beiseite und las den internen Bericht zum gestrigen Abend durch. Mrs. McChristie war mit einem einzigen Schuss, höchstwahrscheinlich einem Gewehrschuss, getötet worden. Der Schütze musste von der anderen Straßenseite gezielt haben. Sowohl das Einschussloch im Fenster als auch vor allem der Eintrittskanal der Kugel in den Körper ließen kaum einen anderen Schluss zu.

Spuren hinter der Mauer des dem Tatort gegenüberliegenden Parks unterstützten die These. Patronenhülsen fanden sich keine. Der Täter hatte sorgsam gearbeitet. Anwohner hatten nur einen einzigen Schuss gehört.

Noch am Tat-Abend ergaben Befragungen im Umfeld, dass das Opfer unauffällig gelebt hatte. Die Frau galt als sehr attraktiv. Ihre Wirkung auf Männer hatte man gut an der Reaktion eines Mannes erkennen können, der auf derselben Etage in dem Haus wohnte. Der Glanz in seinen Augen und die Wahl seiner Worte, als er die Äußerlichkeiten der Toten beschrieben hatte, ließen auf mehr als nur nachbarliche Gefühle schließen. Er, aber auch andere Bewohner des Hauses, berichteten, dass Mr. McChristie, der

Mann der Toten und jetziger Witwer, wie der Nachbar süffisant betont hatte, häufig auf Geschäftsreise war. Wohl auch an Wochenenden. So wie diesem. Genaues wusste jedoch keiner. Sie erzählten nach eigener Aussage nur, was man so hörte.

Es klopfte an der Tür. Vorsichtig schob jemand seinen Kopf durch den Spalt. Sheppard erwartete nur einen einzigen Besucher.

»Mr. McChristie? Perfekt. Treten sie ein.«

Sheppard legte die Papiere auf die Seite und stand zur Begrüßung auf. Er brachte sein Beileid zum Ausdruck. McChristie wirkte gefasst, akzeptierte die Floskeln stumm. Der Kommissar bot dem Besucher einen Platz an, dann kam er gleich zur Sache, nachdem sein Gegenüber auf eine der üblichen Anfangsfragen betont hatte, keinerlei Verdachtsmomente zu haben.

»Kann es sein, dass es zwischen Ihnen und Ihrer Frau – nun, sagen wir einmal – nicht mehr so ganz stimmte?«

»Ich bitte Sie, Inspector. Nach mehr als sechs Jahren Ehe gibt es hier und da vielleicht mal unterschiedliche Interessen. Aber ›nicht mehr stimmte‹? Was soll das denn? Wie kommen Sie auf sowas?«

»Nun ja, Sie sind oft außer Haus, Ihre Frau ganz allein ...«

»Also jetzt hören Sie mal! Ich weiß nicht ...«

»Hm«, musterte der Polizist den Gegenüber skeptisch und ignorierte die Empörung, »wo waren Sie denn gestern Abend gegen sechs Uhr dreißig?«

»In Plymouth. Ich dachte, Sie wissen das.«

»Nun ja, das hätte ich schon gern zeitgenauer gewusst. Ich weiß nur, dass Sie gegen Viertel nach acht dort losgefahren sind. Mich interessiert die Zeit davor.«

McChristie schaute ungläubig.

»Also, wenn ich um acht in Plymouth war, dann werde ich wohl kaum um sechs Uhr dreißig in London gewesen sein. Darum geht es doch, oder?«

»Geht es genauer? – Bitte. – Haben Sie Zeugen für sechs Uhr dreißig?«

»Pffft – Sie scherzen. Aber gut. Ja, es gibt Zeugen. Der Wirt im Iron Hawk sollte sich erinnern. Während der Zeit saßen wir beim Abendessen.«

»Wer ist wir?«

»Das ...« McChristie zögerte. »Ich finde das jetzt etwas indiskret.« Doch er entdeckte keine Regung in Sheppards Gesicht. Also fuhr er fort: »Okay, Inspector. Mrs. Brewster, die Dame, die mich auch nach London zurück brachte.«

»Mrs. Brewster, hm hm. Ist sie nett?«

»Sehr sogar.«

»Attraktiv?«

»Also ...« McChristie starrte ihn erbost an.

»Okay, okay. - Kennen Sie sie schon länger?«

McChristie schluckte, zögerte mit der Antwort und blickte den Kommissar stumm an. Als Sheppards Gesicht auch jetzt wieder regungslos blieb, legte er einen Teil seiner Karten offen.

»Nun ja, durchaus schon etwas länger.«

»Näher?«

McChristie biss sich kurz auf die Unterlippe, nickte.

»Ja, näher.«

Sheppard atmete tief durch, spielte mit seinem Kugelschreiber, versank für einige Augenblicke in seine Gedanken. In einer abrupten Bewegung legte er den Stift wieder auf der Schreibunterlage ab.

»Okay, Mr. McChristie, das war's erst einmal. Bitte halten Sie sich zu unserer Verfügung.«

»Wie, das war's?«

»Ja.« Die Antwort kam kurz und knackig. Doch nach einem Moment schob Sheppard nach: »Oder können Sie noch etwas zu Tat, Täter oder Motiven sagen?«

»Ich, äh, ...« McChristie schüttelte den Kopf. »Ich wünsche, das könnte ich.«

Sheppard geleitete McChristie zur Tür. Als sie sich die Hände zum Abschied reichten, fixierte der Polizist den Ehemann einige Sekunden lang ganz unverblümt. Doch dieses Mal war er es, der keine Regungen wahrnehmen konnte.

»Ich danke Ihnen. Wir sehen uns.«

»Harris«, rief er seinen Assistenten, als McChristie die Tür hinter sich geschlossen hatte, »gibt es genaueres zur Kugeluntersuchung?«

»Nein, Sir, leider nicht. Mit null Komma zweiunddreißig Inch ein ziemlich gängiges Kaliber. Sowohl in der Unterwelt wie auch bei uns. Auch Sportschützen benutzen diese Größe in verschiedenen Klassen. Genauso wie die Armee. Da kommen wir zunächst nicht weiter.«

Sheppard nickte. Er wandte sich zum Fenster und blickte nachdenklich hinaus. Hier stockte es. Einen echten Plan hatte er noch nicht. Die Zeit oder Kommissar Zufall mussten helfen.

*

Am Nachmittag desselben Tages meldete sich ein gewisser Jeremy Fowler im Kommissariat. Ein – Sheppard konnte es nur so bezeichnen – biederer Mann um die Vierzig, im zwar nicht eleganten, aber akkuraten Straßenanzug. Er schaute sich nach dem Betreten der Dienststelle nervös um. Zweifellos fühlte er sich in seiner Haut nicht wohl. Was wollte er?

»Diskretion.«

Sheppard stutzte bei dieser ungewöhnlichen Antwort.

»Aber selbstverständlich. Aber nur solange Sie nichts Ungesetzliches getan haben. Also?«

Fowler zögerte, blickte für einen kurzen Augenblick betreten zur Seite.

»Ich komme wegen Mrs. McChristie.«

»Oh. Sie kannten Sie?«

»Ähm ... ja. Sie behielt ihre Adresse zwar für sich, aber ihr Name und der ihres Mannes in der Zeitung sind eindeutig.«

Die Worte kamen bedächtig und leise. Sheppard hatte keinen Zweifel, dass Fowler durch den Tod der Frau sehr betroffen war.

»Wie kannten Sie sie?«

»Ich ... ähm ... ich kannte sie etwas näher, wenn Sie verstehen, was ich meine. Aber bitte – kein Wort zu meiner Frau! Sie ahnt glücklicherweise noch nichts.«

Das Flehen in Fowlers Blick konnte nicht übersehen werden.

»Das lässt sich machen. Warum sind Sie also hier?«

»Also, ich weiß, dass sie ihren Mann verlassen wollte. Ziemlich bald sogar. Die beiden lagen in heftigstem Clinch miteinander. Sie wollte die Sache granatenhart durchziehen. Und schnell.«

»Interessant.« Das meinte Sheppard nicht nur so. Er hatte das Gefühl, einem Kern der Tat näher zu kommen. Fowlers Schilderungen passten allerdings so gar nicht zur Aussage des Ehemanns. »Ganz kurzfristig?«

»Ja. Sie wollte mit mir ...« Fowler brach ab, biss sich leicht auf die Unterlippe.

»Sie wollten was?« Sheppard kehrte seine Hartnäckigkeit heraus, obwohl er die Antwort doch schon ahnte.

»Zusammen neu anfangen.«

Verlegen zog Fowler seine Augenbrauen hoch. Sheppard gab ihm durch ein betont langsames Nicken zu verstehen, dass er verstanden hatte und vielleicht auch mitfühlte.

»Okay«, nickte Sheppard. »Ich danke Ihnen für Ihre Offenheit. Gab es Handgreiflichkeiten zwischen Mrs. und Mr. McChristie?«

Fowlers Schulterzucken zerstörte die Hoffnung auf irgendeinen Hinweis in diese Richtung.

»Ich weiß es nicht, Inspector. Sie hat nie etwas derartiges erzählt.«

»Fällt Ihnen sonst etwas Bemerkenswertes ein, das Licht in die Tatumstände bringen kann?«

Fowler reagierte mit einem Kopfschütteln.

»Nicht dass ich jetzt wüsste. Aber hilft Ihnen das, was ich erzählen konnte?«

»Aber ja. Harris hat Ihre Adresse aufgenommen?«

»Ja. Als ich mich eben angemeldet habe. Wir wohnen in der Crawford Street.«

Sheppard nickte und wollte Fowler gerade zur Tür begleiten, als dieser zögerte.

»Ach, Inspector, ich ... ich hätte doch noch eine Bitte.« Die Unsicherheit in seinem Blick war nicht zu übersehen. Ein wenig schlich sich bei Sheppard die Frage ein, ob Fowler jetzt zu einem weiteren wesentlichen Grund seines Besuchs käme. »Ich hoffe, das ist nicht zu unverschämt. Aber ... an den Ehemann kann ich mich ja schlecht wenden.«

»Ja?«

»Können Sie mir ein Bild der Verstorbenen geben? Ich habe keins.«

»Äh ...«, stotterte Sheppard. Ein solches Ansinnen war ihm noch nie untergekommen. Aber er hatte sogar Verständnis. Fowler handelte wie ein Häufchen Elend. Seine Gefühle mussten tief sitzen, der Schmerz quälend sein. »Aber klar, wenn Ihnen ein Farbausdruck reicht?«

Fowler nickte. Freudig, soweit man das in seinem Zustand überhaupt sagen konnte, nahm er einige Sekunden später das Bild entgegen.

»Aber ...«, stammelte er mit überraschtem Blick, »... aber das ist nicht Mrs. McChristie!«

*

Zwei Stunden später stand Sheppard gedankenversunken an seinem Fenster. Verrückt oder gut arrangiert? Seine erste Verwirrung hatte sich gelegt, aber der gordische Knoten vor ihm erforderte trotzdem ein verdammt mächtiges Schwert. Fowlers überraschendes Personen-Statement hatte einer eingehenden Prüfung nicht standgehalten, auch wenn Fowler felsenfest von der Richtigkeit seiner Aussage überzeugt war.

Die Tote war jedenfalls doch Priscilla McChristie, und das Foto zeigte sie wirklich. Alles andere hätte Sheppard auch an der Qualität seiner Ermittlungstruppe zweifeln lassen. Aber wen hatte Fowler als Mrs. McChristie kennengelernt? Und warum gab sich jemand als sie aus?

Diese Fragen gesellten sich zu denen nach dem möglichen Mörder. Natürlich hatte Sheppard sofort sein Hauptaugenmerk auf das persönliche Umfeld der Toten gelegt. Es musste einen Zusammenhang geben. Das Alibi des Ehemanns und seiner Begleitung war unumstößlich, egal, ob er bei ihm ein Motiv vermuten konnte oder nicht. Sheppard schaute noch immer auf die Straße hinaus, wälzte Alternativen in seinem Hirn. Der Nebel hatte kaum nachgelassen. Die kühle Feuchtigkeit schien in sein Büro hineinzukriechen.

Wer war der Schütze? Wo sollte Sheppard ihn suchen? Wo das Motiv?

Den einzigen Anhaltspunkt vermutete er zunächst bei Fowler. Sheppard konnte sich allerdings nicht vorstellen, dass jemand als bisher unbemerkter Täter von sich aus zur Polizei käme. Es passte einfach nicht. Auch nicht zur Story einer zweiten Mrs. McChristie. Er schied für ihn doch aus. Aber über ihn könnte man vielleicht die Doppelgängerin finden. Da musste es doch einen Zusammenhang geben. Oder legte Fowler doch als Täter eine geschickte Falschfährte? Aber warum wäre er dann gekommen?

Sheppard wollte ihm noch einmal auf den Zahn fühlen.

Fünfzehn Minuten später betraten er und Harris die Wohnung in der Crawford Street. Fowler bemühte sich hilfsbereit und redlich, die andere Frau zu beschreiben. Doch seine verklärten Darstellungen halfen nicht wirklich. Worte wie ›prickelnd‹, ›hinreißend‹ und ›strahlend‹ passten nicht in eine Fahndungsbeschreibung, verhinderten auch, dass bei den Polizisten ein plastisches Bild entstehen konnte. Sie vereinbarten einen Folgetermin im Kommissariat zwecks Erstellung einer Phantomzeichnung. Der einzig erfolgversprechende Ansatz zurzeit. Beim Abschied sah sich Sheppard noch einmal unauffällig in der Wohnung um. Sein Blick fiel im Flur auf einen Aktenkoffer mit Wettkampf-Aufklebern. Er stutzte. Innere Alarmglocken schrillten.

»Sie sind Sportschütze?«

»Nein. ... Aber meine Frau. Und wahrlich erfolgreich.«

Trotz seiner Trennungsabsichten schwang in Fowlers Stimme Stolz mit. Ganz gleichgültig schien ihm seine Frau doch noch nicht zu sein.

»Oh, Respekt. Und Sie selbst? Können Sie damit umgehen?«

Der Mann schüttelte den Kopf.

»Sie gestatten, dass wir die Waffe zur Untersuchung mitnehmen?«

Jeremys Gesicht erstarrte. Sprachlos nickte er. Seine Augen zeigten, welcher Wust an Fragen ihn schlagartig überwältigte.

»Inspector!« Harris hatte den Koffer geöffnet. »Überraschung! Schauen Sie hier.«

Gemeinsam blickten sie auf zwei Foto-Ausdrucke bester Qualität, die sich auf der Waffe liegend in einem Brief befunden hatten. Der braune Umschlag trug Kate Fowlers Namen. Die abgebildeten Konturen der Personen waren scharf getroffen, der Mann eindeutig zu erkennen. In seinen Armen eine Frau mit langen, blonden Haaren in eindeutiger Stellung irgendwo draußen in einer Hausecke. Die schlanken, angewinkelten Beine schlangen sich um Jeremy Fowlers Körper. Die Erregung war beiden trotz der statischen Momentaufnahmen nachfühlbar anzusehen. Aufgedrucktes Datum und Uhrzeit stammten vom Vorabend des Mordes.

Kreidebleich starrte Fowler auf die Bilder. Dann wanderte sein Blick sprachlos zwischen den Polizisten und den Fotos hin und her.

»Ihre Frau wusste offensichtlich von Ihrem Verhältnis. Seit wann?«

Fowler deutete nur ein Schulterzucken an. Er schwankte. Seine Hand umfasste den Garderobenständer. Er atmete schwer.

*

Im abgedunkelten Verhör-Zimmer brach Kate Fowler in Tränen aus. Ihre Lippen bebten, ihre Hände zitterten.

»Diese Schlampe! Diese gottverdammte Schlampe!«

Sie griff die Kaffee-Tasse, als wollte sie die Flüssigkeit herausquetschen.

»›*Sie ist dabei, deinen Mann zu verschlingen*‹, hat der Typ am Telefon gesagt, immer wieder. ›*Er wird ihr hörig.*‹ Und dann bekam ich die Bilder. Alles war wahr. Alles.« Sie schluchzte. »Diese Schlampe! Aber jetzt hat sie ausgeschlampt!«

Kates Make-Up lief in schwarzen Rinnsalen über ihre Wangen, als sie abgeführt wurde. Sheppard ging vor die Tür und bat Jeremy, der unruhig im Gang auf und ab ging, in sein Büro. Der Inspector hatte einen Verdacht und erhoffte sich von Fowler eine Bestätigung.

»Seit wann kannten Sie *Ihre* Mrs. McChristie?«

»Seit August.«

»Und Kate ist eine erfolgreiche Schützin, sagten Sie?«

»Ja.« Fowlers Antwort kam leise, war kaum zu verstehen.

»Hatte sie Mitte des Jahres größere Erfolge?«

»Und ob. Im Juli hat sie in Birmingham die Weltmeisterschaft gewonnen.«

Sheppard griff sich ans Kinn, nickte. Das hatte garantiert in allen Zeitungen gestanden. Wortlos wandte er sich ab und tippte fingerfertig auf der Computertastatur.

»Schauen Sie bitte, Mr. Fowler.«

Er drehte das Display. Die Facebook-Seite von Jo-Ann Brewster füllte die Fläche.

»Wer ist das?« Fowler hatte offensichtlich noch nicht verstanden.

»Stellen Sie sich bitte lange, blonde Haare statt der kurzen, braunen vor. Und?«

Fowler schlug die Hände vors Gesicht. »Meine Cilla«, stammelte er, »meine Priscilla!«

»Verdammt geschicktes Spiel«, murmelte Sheppard, »verdammt geschickt.«

Er wusste, dass sie eine blonde Perücke im Besitz von McChristies Freundin finden könnten. Er wusste aber auch, dass die beiden für die Tat selbst nicht in Frage kamen. Und er wusste obendrein, dass eine Anstiftung zum Mord nach objektiven Maßstäben nicht gegeben war. Da hatte ein Paar ein intrigantes Liebesspiel initiiert, in dem andere Personen Verantwortung übernommen hatten. Perfekt getimt mit den Fotos als Auslöser.

Geschickt, verdammt geschickt. Doch er würde am Ball bleiben.

ENDE

Notschrei

Marlis schleuderte ihre Reisetasche durch die geöffnete Fahrertür auf den Rücksitz. Ihr Blick ging noch einmal zum Himmel. Mach keinen Mist, Petrus. Schnee kann ich jetzt nicht gebrauchen, noch nicht. Warte noch ein paar Stunden, aber dann darfst du – nein, musst du – loslegen. Ihr Stoßgebet war tatsächlich nicht hörbar. Sie klemmte sich hinters Steuer ihres Polos, legte den Zettel mit der handschriftlichen Wegbeschreibung auf den Beifahrersitz und startete durch.

Die letzten Häuser von Freiburg verschwanden bald aus dem Rückspiegel. Michi, ich komme! schoss es ihr durch den Kopf. Michi! Sie fühlte Hitze aufsteigen. Das Herz schien zu rasen. Sie konnte es nicht erwarten – nein, nicht »es« –, sie konnte »ihn« nicht erwarten. Kannten sie sich nicht schon eine Ewigkeit? Es schien ihr fast so, dabei war es erst drei Wochen her. Klar – so präsent, als wäre es erst gestern gewesen. Dem Weihnachtsmarkt sei Dank! Am Vorabend des ersten Advents war sie gemeinsam mit Biggi hingegangen. Die beiden Freundinnen hatten sich von der festlich-gemütlichen Stimmung einfangen lassen, hier und da gestöbert, dies und das probiert. Es war schon lange dunkel, als sie gemeinsam mit einigen Kommilitonen, die sie zufällig getroffen hatten, vor einer der Weihnachtsbuden standen und ihre Hände an den gefüllten Glühweinbechern wärmten. »Und zum Abschluss gehen wir ganz unweihnachtlich in die Disco, okay?« Die Gruppe johlte zustimmend. Fröhlich und leicht angeheitert, stürmten sie in das lichtdurchzuckte, rhythmische Ambiente der zurzeit angesagtesten Location Freiburgs. Und da stand er! Ihre Blicke trafen sich. Diese geheimnisvollen Augen! Dieses vielversprechende Lachen! Es war um sie geschehen. Wie in einer Traumwelt tanzten sie in den Advent hinein. Erst vor drei Wochen!

Und jetzt freute sie sich auf ihr erstes gemeinsames Wochenende abseits der Stadt. Nur sie beide ganz allein. Irgendwo in der Einsamkeit. Ganz romantisch im Schnee. Das wird ein traumhafter vierter Advent. Mehr wollte sie sich erst einmal nicht zugestehen, aber in Wirklichkeit rechnete sie doch mit mehr. Schließlich hatte sie in ihrer Reisetasche nicht nur Kleidung für die Nacht und den nächsten Tag, sondern für volle fünf Tage eingepackt. Und dazwischen versteckt zwei hübsch verpackte Geschenke für ihren Michi. Vielleicht verlassen wir den Ort ja vor Weihnachten nicht. Keine Vermutung einer Möglichkeit, sondern innigste Hoffnung.

Zu blöd nur, dass wir nicht zusammen fahren können. Michi musste an diesem Samstag noch ein Verkaufsgespräch in einer Gemeinde am Bodensee führen. Er hatte ihr ein wenig von seinem Vertriebsjob für einen Landmaschinen-Hersteller erzählt. Und in diesem Fall ging es um eine Anschaffung, welche die Gemeinde auf genossenschaftlicher Basis für ihre Bauern tätigen wollte. Da zählte vor dem Jahresende mit seinem Haushaltsabschluss jeder Tag, das ließ sich nicht verschieben. Und damit die gemeinsame Zeit in der von Michi organisierten Hütte nicht an seiner späten Rückkehr nach Freiburg scheitern könnte, planten sie getrennte Anfahrten – sie von Freiburg und er aus der entgegengesetzten Richtung. Das würde schon klappen!

Na ja, doch gut, dass ich nicht auf ihn warten musste. Im Dunklen wär das hier bestimmt kein Spaß gewesen. Und dann noch Schnee dazu ... Ihr Blick wanderte durch die Windschutzscheibe immer wieder hoch zum Himmel. Die graue Farbe verhieß für das Autofahren nichts Gutes, doch noch ließ sich keine Flocke blicken. Seit etwas mehr als einer halben Stunde war sie jetzt unterwegs. Muggenbrunn. Den Ortsnamen hatte sie sich gemerkt. Sie hielt an. Nun musste sie den Zettel nochmal genauer studieren.

»In Muggenbrunn links ins Holzschlagtal. Ein Schotterweg, wahrscheinlich ohne Namensschild, aber schräg gegenüber liegt das Hotel Adler. Also nicht zu verfehlen. Dann ca. eineinhalb Kilometer in dieses Tal bis zu einem Waldstück. Dort Schild ›rechts nach Stübenwasen, links nach Notschrei‹. Schild im Dunkeln schlecht zu sehen. Links abbiegen, nach ca. 400 m liegt rechts im Wald (ca. 70 m entfernt) die Hütte. Hinter Hütte parken.«

Gut, dass es noch hell ist. Marlis entdeckte zuerst das Hotel und gleich darauf die Abzweigung ins Holzschlagtal. Sie ließ den Wagen langsam über den etwas holprigen Weg rollen. Im Kofferraum schlugen die Flaschen aus der Getränke- und Lebensmittelkiste aneinander. Marlis genoss den Ausblick. Sie fuhr an einem sanften Hang links von ihr entlang. Im Sommer weideten hier sicher viele Kühe. Oder waren das doch Felder? Keine Ahnung. Die dichte Schneedecke ließ keine Rückschlüsse zu. Zur Rechten senkte sich das Tal weiter ab, aber nur wenige Meter bis zu einem Bachlauf, der die Schneefläche unterbrach; dann stieg das Gelände auf der anderen Seite wieder an, etwas steiler als diesseits. Etwa auf halber Höhe ging das freie Gelände in Wald über. Einzelne Tannen standen unten im Bachgrund.

Erste Schneeflocken fielen. Freudig summte Marlis »White Christmas« vor sich hin. Der Weg erreichte den Wald. Noch einige Meter, dann bog Marlis Richtung Notschrei ab. Bingo! Da ist sie schon. Durch den unberührten Schnee zog sie ihre frische Spur um die Hütte herum. In der kleinen Holzaussparung auf der Rückseite des Hauses fand sie wie beschrieben den Schlüssel. Voller Spannung öffnete sie die Tür.

Whow! Das hatte sie nicht erwartet. Während die Hütte äußerlich wie ein Schober wirkte – es war wohl auch mal einer gewesen –, herrschten im Innern Gemütlichkeit und ein klein bisschen Luxus pur. Klar, in der Ecke stand der Kanonenofen. Michi hatte ihr beschrieben, wie man ihn anwirft und wo das Holz liegt. Doch ihr Blick war gefangen von dem kleinen Kamin mit den beiden sehr gepflegten Sofas davor. Hier lässt es sich wahrlich aushalten. Sie schaute sich weiter um. Respekt – alles blitzblank. Die Hütte war erst vor kurzem gründlich gereinigt worden.

Das Bett stand in einem gesonderten Raum. Die Küche war winzig. Die Wasserversorgung erzwang erhebliche Abstriche – aber das hatte sie ja vorher gewusst. Fließendes Wasser so weit abgelegen vom Ort wäre wohl auch zu viel verlangt. Und Elektrizität fehlte genauso. Aber das gehört ja dazu. Das machte es für sie sogar noch reizvoller. Sie griff eine der bereitstehenden Petroleum-Lampen und zündete den Docht mit einem Streichholz an. Das flackernde Licht tanzte auf den Wänden. Der flauschige Teppich lud dazu ein, die Schuhe auszuziehen. Doch sie wollte erst alles richtig vorbereiten.

In der folgenden halben Stunde holte sie die Lebensmittelkiste und ihr Gepäck aus dem Auto, stapelte noch etwas mehr Holz neben dem Kamin auf und erweckte das Feuer im Ofen zum Leben. Sie freute sich auf einen frisch aufgebrühten Kaffee. Dann endlich wanderten ihre Schuhe in die Ecke, und barfuß streckte sie sich auf einem der Sofas aus. Mit geschlossenen Augen träumte sie einen Augenblick vor sich hin. Sie vermisste jetzt Weihnachtsmusik. Daran hatte sie vorher gar nicht gedacht. Vielleicht gibt es ja so etwas wie ein Radio mit Batterien hier. Aber nicht jetzt; ich schaue später mal nach.

Ihr Blick wanderte durch das einzige kleine Fenster in der gegenüberliegenden Wand und folgte den vorbeitanzenden Schneeflocken. Einige schienen kurz innezuhalten. Sie hüpften in irgendeinem Luftwirbel auf und nieder, um dann ihren Fall weiter fortzusetzen. Einige schienen aneinanderzuschlagen und bewegten sich zusammen weiter.

Die Stille legte sich über Marlis; für einen Moment wanderten ihre Gedanken in weite Ferne. Sie träumte von einer grandiosen Berglandschaft. Arm in Arm standen Michi und sie vor der Hüttentür, schmiegten sich eng aneinander und blickten in die Bergwelt. Er nahm ihre Hand und zog sie wieder zurück in die Hütte zum glitzernd geschmückten Weihnachtsbaum. Marlis riss die Augen auf ...

Ich hab' noch was zu tun. Sie sprang auf und eilte in die Küche. Aus der Lebensmittelkiste kramte sie ein Paket Kerzen hervor. Da sie nirgendwo Kerzenständer finden konnte, ergriff sie einige kleine Teller aus dem Schrank und machte sich ans Werk.

Nach wenigen Minuten hatte sie das Kaminzimmer mit dem knappen Dutzend Kerzen in ein feierliches Licht getaucht. Ihr Blick schweifte durch den Raum: Es war zwar kein Weihnachtsbaum, aber wenigstens hatte sie die richtigen Kerzen. Marlis war zufrieden. Der nächste Teil der Überraschung sollte der selbstgebackene Schokokuchen werden: Der kleine Tisch mit rot-grünen Papierservietten hübsch dekoriert, in der Mitte den Kuchen, daneben eine der brennenden Kerzen, die sie von ihrem bisherigen Platz holte. Perfekt.

Erschöpft ließ sie sich auf das Sofa fallen. Die Stille fing sie wieder ein, und ihr Tagtraum ging weiter ...

Ein heftiges Knacken weckte sie abrupt. Sie fuhr hoch und blickte erschrocken um sich, aber nichts war umgefallen. Alle Kerzen standen noch. Fenster und Tür waren geschlossen. Marlis zuckte kurz mit den Schultern und fiel wieder ins Polster. Weiterträumend genoss sie das im Raum schwebende Duftgemisch aus Kaffee und Kerzenfeuer.

Wieder ein heftiges Knarren!

Marlis holte tief Luft. So ein alter Holzschuppen hat schon ein bewegendes Eigenleben. Hoffentlich halten die Balken! – Quatsch, Marlis, als würde die Hütte, die seit wer weiß wie vielen Jahren schon steht, genau heute einstürzen. Ist halt kein Betonbau. Bist schon ein rechtes Stadtkind. Ein erleichternder Seufzer kam über ihre Lippen. Doch ihre innere Ruhe war trotzdem dahin. Sie lauschte etwas intensiver der Bewegung der Hütte im Wind, aber ihr Ohr vernahm nichts. Kein Ächzen und keinen Wind. Das Tanzen der Flocken war nur noch schwer durch das Fensterchen zu sehen. Die Sonne hatte sich schon lange verabschiedet. Hoffentlich kommt Michi bald.

Freudig schreckte sie auf. Ihr war, als hätte sie Schritte gehört. Die Tür eilig aufreißend, stürzte sie hinaus. Doch sie blickte nur in unbeleuchtete Dunkelheit. Kein Michi! Doch, ein paar Bewegungen sah sie: Die Schneeflocken hatten ihre Tanzspiele noch nicht aufgegeben. Und es musste wohl schon eine ganze Menge gewesen sein. Die Reifenspuren, die sie selbst gezogen hatte, waren schon nicht mehr zu erkennen. Der nächtliche Schneeteppich wirkte unberührt. Enttäuscht schloss sie die Tür.

Ich probier es mal. Sie griff zum Handy und drückte ein paar Tasten. Zu ihrer freudigen Überraschung bekam sie sofort eine Verbindung. Dabei hatte Michi ihr doch von einem Funkloch hier oben erzählt.

»Der Teilnehmer ist vorübergehend nicht erreichbar.«

Enttäuscht legte sie wieder auf. Dann eben noch nicht ...

Sie goss sich einen weiteren Kaffee ein. Der Duft und die Wärme taten gut. Jetzt endlich entschloss sie sich, den Kamin anzufeuern. Warum hatte sie das nicht schon früher gemacht? Das Holz würde sich den Flammen bestimmt eine geraume Zeit widersetzen, bevor diese siegten und ihre Wärme in den Raum abstrahlten. Egal. Besser jetzt als gar nicht.

Ein laut vernehmbares Schaben an der Außenwand schreckte sie auf. Sie eilte zum Fenster und blickte hinaus. Doch der Wohnraum spiegelte sich im Fensterglas und verhinderte einen klaren Blick in die Dunkelheit. Mist! Wieso habe ich keine Taschenlampe dabei? Stimmt. Wieder etwas Naheliegendes neben der Weihnachtsmusik, an das Sie hätte denken sollen. Mit einer Kerze in der Hand versuchte sie, etwas zu erspähen, aber das half auch nicht viel. Im Glas sah sie nur das flackernde Kerzenlicht, dahinter war nichts. Sie konnte das Fenster auch nicht öffnen. Irgendwie verstand sie den Verschlussmechanismus nicht. Es half nichts – sie musste raus. Sie öffnete die Tür und tastete sich mit der Kerze in der Hand vorsichtig nach draußen.

Hoffentlich kommt jetzt kein Windstoß. Sie hielt die Kerze von sich weg ins Dunkel. Vielleicht gab es ja etwas zu erkennen. Wenn das ein Tier gewesen war, dann müsste sie jetzt Spuren im Schnee entdecken. Doch die Schneedecke war unberührt. Kein Hinweis auf irgendeine Kreatur, die sich da zu schaffen gemacht hätte. Marlis eilte wieder hinein.

Die Minuten vergingen. Hoffentlich kommt Michi bald. Hm, die Dunkelheit hatte aber auch etwas Gutes. Wenn Michi käme, könnte sie das schon frühzeitig an irgendwelchen Lichtkegeln erkennen. Ohne Licht könnte Michi ja wohl nicht die Strecke hierher hochfahren. Diese Erwartung beschäftigte Marlis fortan. Mal schaute sie aus dem Fenster, mal blinzelte sie durch den Türspalt und wartete auf ein Lichtzeichen. Viertelstunde folgte auf Viertelstunde. Es mögen dieser drei gewesen sein, als ein heftiges Knarren auf der anderen Hausseite Marlis bis ins Mark erschauern ließ.

»Michi?«

Marlis schrie laut. Doch es kam keine Antwort zurück. Vorsichtig öffnete sie die Tür einen winzigen Spalt und lugte hinaus. Sie rief noch einmal in die Stille. Nichts. Ist das ein Schatten? Und waren das nicht Spuren im Schnee? Marlis knallte die Tür zu und verriegelte sie. Dann atmete sie zwei- oder dreimal durch. Hatte sie wirklich Spuren gesehen? Sie war sich nicht sicher. Sie hatte doch gar kein Licht gehabt. Aber nochmal nachschauen wollte sie nicht. Wenn da jemand um das Haus schleicht, weiß derjenige hoffentlich nicht, dass ich allein bin. Marlis zog schnell die Fenstervorhänge zu.

»Ja, ich komme, Schatz!« rief sie laut und ging bewusst mit polterndem Schritten in die Küche. Soll ja jeder glauben, dass Michi schon da ist. Sie lauschte wieder in die Stille. Da, wieder ein Schaben an der Wand! Und ein heftigeres Knacken!

Marlis griff zum Telefon.

»Der Teilnehmer ...«

Schnell wählte sie eine andere Nummer, nur drei Ziffern.

»Hallo, hier Polizeiwache Todtnau, Wachtmeister Gebauer.«

»Hallo, hier Sandner. Ich fürchte, hier streicht jemand ums Haus. Bitte, können Sie mir helfen?« Marlis' Tonfall wurde panisch.

»Meine Dame, wo sind Sie denn?«

Marlis erklärte es ihm.

»Da oben? Eine bewohnte Hütte? Okay, okay. Ich tue, was ich kann. Aber ich selbst kann nicht kommen. Und die Kollegen auf Streife nehmen zurzeit einen Unfall auf. Sie wissen ja, bei dem Wetter heute ... Danach ...«

»Bitte, Herr Wachtmeister. Wenn, dann bitte schnell!« Sie hörte wieder das Schaben. »Bitte!!«

»Okay, okay. Ich tue, was ich kann. Ich melde mich wieder.«

»Danke.« Marlis klang erleichtert. Sie verkroch sich aufs Sofa dicht am Kamin. Ihr Herz raste.

*

Wachtmeister Bernhard Gebauer überlegte. Das konnte durchaus noch eine Stunde dauern, bis die Kollegen fertig waren. Und da oben eine Hütte? War ihm neu. Aber, wenn wirklich was daran war ... Fällt mir nur Kollege Josef Stahlgruber ein. Der hat zwar Urlaub, aber eigentlich nur bis gestern. Montag ist er sowieso wieder hier. Der ist bestimmt schon wieder zu Hause. Und von Todtnauberg hat er es eh' nicht so weit. Gebauer wählte.

»Der Teilnehmer ...«

Mist. Wäre auch zu schön gewesen. Dann probiere ich's nachher nochmal. Was anderes bleibt mir jetzt nicht übrig.

*

Endlich! Trotz der vorgezogenen Vorhänge nahm Marlis den Lichtschein war. Michi! Sie hörte die Schritte vor der Tür. Dann klopfte es.

»Wer ist da?« Sicher war sie sich nicht. Aus ihrer Stimme klang pure Angst.
»Ich bin's – Michi.«
Erleichtert öffnete sie die Tür. Heftig flog sie ihrem Michi an den Hals und drückte ihn innig an sich. Michi streichelte zärtlich ihr Haar, während sie sich bei noch immer geöffneter Tür lange küssten. Dann erzählte Marlis die Geschichte vom Knarren, Schaben und Knacken, wobei sie ganz außer Atem kam.
»Und dann wollte ich dich anrufen und ...«
»Ach Herzchen!« Michi unterbrach sie und drückte einen weiteren Kuss auf ihre Lippen. »In so einem alten Schuppen arbeitet das Holz ständig. Und es könnte in den Zwischenwänden auch die eine oder andere Maus geben. Solche Geräusche sind hier nicht ungewöhnlich. Einfach überhören! – Aber jetzt machen wir es uns gemütlich, ja?«
Nichts lieber als das. Marlis strahlte Michi an, der noch immer seine Daunenjacke anhatte. »Ich hole dir schnell einen Kaffee, während du ablegst.«
»Super.« Michi kramte Autoschlüssel, Geldbörse und Handy aus seiner Jackentasche, legte alles auf den Tisch und hängte die Jacke weg.
»Hier, Schatz.«
Verliebt sah Marlis zu, wie er den heißen Kaffee genoss. Michi stellte die Tasse weg und zog Marlis wieder fest an sich. Sie blickte ihm tief in die Augen. Dieses Funkeln! Und sie sog seine sichtbare Erregung in sich auf. Diese Augen! Wie hypnotisiert starrte sie tief in sie hinein. Seine Erregung steigerte sich. Marlis war gebannt. Michis Blick wurde bohrender und starrer, als könnte er sein inneres Feuer nicht mehr in sich halten, als müsse alles, was in ihm steckte und ihn in Wallung brachte, jetzt augenblicklich durch die Pupillen ins Freie schießen. Marlis liebte es, wenn sich ein Mann ihr gegenüber nicht mehr halten konnte. Sie wollte sich hingeben. Michi zitterte am ganzen Körper. Sein Griff wurde fester. Die Hand, die gerade noch zärtlich durch ihr Haar geglitten war, packte plötzlich Marlis kraft-

voll im Nacken. Marlis stöhnte. Sie rieb sich an ihm. Michis Hände umfassten ihren Hals. Die Daumen drückten zu. Marlis riss die Augen auf. Michis Blick schien sie zu durchbohren. Ihre Erregung schlug schlagartig in Entsetzen und Panik um. Sie spürte den Druck auf ihren Kehlkopf. Ihre Hände wirbelten in die Luft. Sie suchte verzweifelt Halt – irgendwo, nur nicht an Michi. Der Dämon starrte sie an. Ein Teufel in Menschengestalt. Marlis wollte in ihrer Not schreien. Den Mund weit aufgerissen, presste sie, doch sie brachte keinen Ton heraus. Luft! Wenigstens etwas Luft! Der stechende Schmerz ihrer Kehle unterdrückte alles. Schließlich sogar die Todesangst.

Es wurde schwarz um sie herum.

*

Bernhard Gebauer schob den Stapel, den er gerade umgeräumt hatte, wieder auf die Seite. Sein Blick fiel auf das oben aufliegende Rundschreiben von letzter Woche. Alle Jahre wieder. Wie im letzten Jahr, wie im vorletzten Jahr. Die Fahndung nach dem sogenannten Weihnachtsmörder. Seit fünf Jahren gab es im Südschwarzwald Leichenfunde von jungen Frauen, deren Todeszeitpunkt sich ziemlich genau auf die Tage vor Weihnachten eingrenzen ließ. Die abnorme Handschrift des Triebtäters war immer die gleiche. Allerdings hatte man bis jetzt den Tatort noch nicht gefunden. Die Fundorte waren zweifelsfrei nicht die Tatorte. Alle sollten die Augen verstärkt offen halten. Aber wonach?

Er wählte noch einmal Stahlgrubers Nummer.

*

Keuchend saß Michi auf dem Sofa. Er fühlte sich erschöpft und atmete tief durch. Wie sehr hatte er dieses Glücksgefühl vermisst! Langsam ließ seine Erregung nach.

Ein Klingelton zerriss die Stille. Michi schreckte auf. Das Klingeln verwirrte ihn. Er brauchte einen kurzen Moment, um sich zu orientieren. Dann rappelte er sich hoch und ging zum Kleiderhaken. Aus der Jackeninnentasche fingerte er ein zweites Handy hervor.

»Ja, hallo?«

Er zitterte am ganzen Körper. Doch er bemühte sich, die Kontrolle zu behalten.

»Hallo Bernie! ... Äh ... Danke, gut. Und dir? ... Nein, ist schon okay. Der Urlaub ist ja schon so gut wie zu Ende. Also, was gibt's? ... Da oben soll eine Hütte sein? Ach was. Ein Stall oder ein Schober vielleicht. Aber ... nein, kein Problem. Ich schau mal nach. Kann bei dem Schnee aber etwas dauern. ... Oder einfach so: Wenn irgendetwas ist, melde ich mich. Wenn du nichts hörst, ist alles okay. In Ordnung? ... Na klar, wir sehen uns ja spätestens übermorgen wieder. Kannst dich auf mich verlassen. Also – bis dann. Noch eine geruhsame Nachtschicht. Und einen schönen vierten Advent. Tschau.«

Josef alias Michi klappte das Handy zu. Ein Fluch kam über seine Lippen. »Verdammt! Seit wann ist hier oben kein Funkloch mehr?!« Sein Blick schweifte hinüber zu dem kleinen Tisch, auf dem Marlis' Handy lag. Die Nummer ist jetzt sicher auf der Wache registriert ... Aber das kriege ich auch noch irgendwie hin. Er hatte sorgfältig geplant, was er mit dem Körper, dem Gepäck und dem Auto machen wollte. Und die Entsorgung seines billigen, vier Wochen alten Prepaid-Handys auf Nimmer-Wiedersehen war das geringste Problem. Doch jetzt, diese unerwartete Störung ... Bloß weil die dumme Ziege Angst vor Geräuschen hatte – und Scheiß Sendemast! – Schade, Bernie, dass du von hier oben erfahren hast. Tut mir wirklich leid.

Josef schüttelte sich kurz. Er blickte auf die Leiche, streifte sich die Gummi-Handschuhe über und machte sich ans Werk.

ENDE

Über den Autor

Rudy Namtel, gebürtiger Westfale, schreibt sowohl Kurzgeschichten als auch Novellen und Romane.

Kleine Alltäglichkeiten finden sich in seinen amüsanten Short Stories als Keimzellen des Vergnügens - doch nicht ausschließlich. Namtel lässt sich nicht auf bestimmte Genres festlegen und schreckt auch vor Persiflagen auf Hollywood-Streifen wie in »Dragos Blutspuren« nicht zurück. Humoristisches mit starkem Regional-Einschlag wechselt mit Kriminal-Stories oder überzeichneten Parodien. In seinen längeren Werken spielen Länder oder bestimmte Orte gewichtige Nebenrollen (wie in seinen Romanen »Signale« und »Watt-Grab«) oder sie liefern historische Hintergründe (wie in der Novelle »Nebelmann«) oder beides zusammen (wie in »Descriptio Loci«).

Der Vater zweier Kinder lebt mit seiner Familie in einem hessischen Dorf.

Weitere Werke

Taschenbücher von Rudy Namtel:

»Der Nebelmann kommt aus dem Nichts – und nicht allein« –
Eine Collection mit »Nebelmann« und sechs Kurzgeschichten

»Nebelmann – Eine Liebe auf Wangerooge« –
Single-Edition der Novelle

»Das Herz des Potts schlägt am Kanal« –
Fünf Geschichten aus dem Pott in der Sprache des Potts

»Signale« -
Beschreibung einer nicht ganz planmäßig verlaufenden Reise durch Land und Liebe

»Rudy Namtel's Cover Art« –
Cover-Entwürfe für die Bücher des Rudy Namtel

»Dragos Blutspuren« -
Geschichten für Liebhaber von Blutsauger-Stories und Hasser von Vampir-Geschichten gleichermaßen. Ehrlich!! - Spaß pur!!

»Descriptio Loci – oder die Spuren des Paters« –
Thriller. – Eine 800 Jahre alte Jagd wird wieder aufgenommen ...

»Vandark« -
Ein Spooky-Abend am Kamin.
Melanie gerät in eine illustre Abendrunde auf dem Gut Vandark. Spukige Geschichten gewürzt mit einem Schuss Krimi und einer winzigen Prise Vampir.

»Krimi-Reise Reloaded« -
Sieben Krimi-Kurzgeschichten.

»Summertime Blues in Love« -
Variationen über eine Begegnung und andere Short Stories. Sieben Kurzgeschichten und ein Gedicht.

»Watt-Grab – Die Tote vor Wangerooge« -
Im Watt wird die Leiche einer Frau gefunden. Eine Touristin verschwindet spurlos. Bianca Weeger ermittelt – und gerät selbst in Gefahr. Und da ist noch die junge Julia ...

»Wangerooge – Faszination im Bild« -
Ein Bildband über die Insel im Wetter und im Licht. Mit beeindruckenden Farbspielen.

»Gesamtausgabe 1 – 2012/2013« -
Alle Bücher der Jahre 2012 und 2013 in einem Band.

»Entscheidung in Taos County« (J. Jones-Joyce) -
Eine junge Frau erlebt den Summer of Love. Über vierzig Jahre später bereist ein junger Mann die USA. Die Lebenslinien treffen sich. Ein Leben wird bedroht ...

Die meisten Werke sind auch als eBook erhältlich.

Mehr im Internet unter **www.RudyNamtel.de**